KB142273

눈물이
마르는
시간

그럼에도 살아볼 만한
이유를 찾는 당신에게

눈물이
마르는
시간

이은정
산문집

마음
서재

서문

　　　　　　　　오늘도 해가 뜨고 해가 졌다.
그러나 어제처럼 달은 뜨지 않았다. 해가 뜨지 않는 일은
낯설고 두렵지만, 달이 뜨지 않는 일은 제법 덤덤하다. 뜨
지 않은 게 아니라 보이지 않을 뿐이라는 것을 알기 때문
이다. 어쩌면 인생도 그럴지 모르겠다. 매일 주어진 행복
보다 어쩌다 한번 닥치는 불행이 자못 낯설어 그 의미를
되새기며 사는지도. 우리가 불행할 때, 행복은 늘 뜨지 않
은 달처럼 보이지 않을 뿐인지도 모른다.

　.어느 날부턴가 우는 일에 익숙해졌다. 울지 않는 날에
는 뭔가 어색했고, 더러 웃기라도 하는 날엔 뭔가 크게
잘못되고 있다는 느낌을 받았다. 내 보통의 날들은 입꼬
리가 내려간 무표정이거나 미간이 부푼 울읍한 상태였으

니까. 그래서 부러 울기 위해 슬픈 음악이나 영화를 찾아 헤매기도 했다. 울어야 하루를 버틸 수 있다는 습관적 의지였다.

지금은 눈물을 찾아다니진 않는다. 다만, 건드리면 금방이라도 울음이 터질 것만 같은 사람들이 자꾸 눈에 보인다. 그들의 눈에서 눈물이 터져 나오면 나는 언제든 함께 울어줄 준비가 되어 있다. 혼자여서 창피하지 않도록 내가 같이 울어주고 싶다. 누군가 함께 울어주는 것이 울고 싶은 사람에겐 얼마나 큰 힘이 되는지 알기 때문이다. 우리 모두 눈물에 인색하지 않았으면 좋겠다.

5년 전 태어나 처음으로 마음 치료를 받았다. 그때부터 천천히 써온 글들이 한 권의 책이 되었다. 생이 흔들릴 때마다 나는 혼자였고 버티는 힘은 글밖에 없었다. 주로 울면서 썼고 가끔은 쓰고 나서 울었다. 말하자면 이 책은 불혹을 넘긴 한 여자의 성장에 관한 기록이다. 나 자신의 주인은 나밖에 없다는 사실을 깨닫게 된 일련의 과정이다. 바닷마을로, 산마을로 숨어 다니면서 오직 나를 위로하기 위해 쓴 글들이다. 지금 생각해보면, 눈물이 마르기까지의 과정은 참 아름다웠다.

이 책을 준비하던 중 사랑하는 우리 언니가 세상을 떠
났다. 세상에서 제일 좋은 언니였다. 언니라 불렀지만 엄
마와 다름없는 존재였다. 작가가 된 동생을 자랑스러워
했던 언니가 내 책을 만져보지도 못하고 떠났다. 이 책
을 받으면 하염없이 좋아하고 기특해했을 소중한 사람을
잃었다. 다시 태어나도 우리 언니 동생이 되고 싶은 나는
이 책을 들고 언니를 찾아갈 것이다. 언니가 그렇게 빨리
갈 줄 알았더라면 조금 더 열심히 글을 쓸 걸 그랬다고,
미안하다 말하고 올 것이다. 그리고 많이 울다 오겠지.
예전처럼.

2019년 10월
이은정

차례

_____ 나는 좀 울기로 했다

2부   산마을에서 _____

돌아보니 혼자 온 것은
아무것도 없었다

이 책을 사랑하는 나의 언니
故 이호정 님께 바칩니다.

바닷마을에서 _____

1부

나는 좀
울기로
했다

밤의
부둣가에서

부두는 치열한 삶의 현장이다. 부두의 아침은 밥벌이하는 사람이나 공으로 먹이를 얻으려는 짐승이나 부산한 형편이 거반 비슷하다. 동이 트기 전에 일찌감치 눈꺼풀을 틔워 이른 준비를 해야 바다에서 먹고살 수 있다. 바닷가 사람들은 가로등이 채 소등되지 않은 어둠 속에서 정수리에 달을 끼고 부둣가로 향한다.

아무도 없는 바다는 적막하고 외롭지만, 사람이 있고 출항하는 배가 있다면 활기가 넘친다. 뿌우— 뱃고동 소리는 바다 위를 들고 나는 자들의 경쾌한 인사다. 아침 바다의 상쾌한 공기는 간밤 절망의 취기에 베갯잇을 적신 이조차도 희망의 심호흡을 하게 만든다. 예측할 수 없는 어둠 속 파고가 아무리 두려워도 심해에서 삶을 낚는 사람들에게 그것은 오히려 살아내야 한다는 의지를 갖게 한다.

다릿널도 필요 없는 작은 배가 출항한 지 제법 시간이 흘러 개선장군처럼 다시 부두로 돌아오면, 기다림에 익숙한 갈매기들과 길고양이들이 그들의 무사 귀환을 어린 자식처럼 반긴다. 서둘러 실어 날라야 새벽 경매를 볼 수 있기에 어부들의 손놀림이 겨를 없이 바쁘다. 그 와중에 부둣가 젖은 바닥으로 탈출을 감행하는 은빛 멸치가 상당하나 어부들은 크게 괘념치 않는다. 어차피 바다에서 둥지 틀고 비린내로 풀칠하며 사는 형편이 너희와 다르지 않다며 아침 보시를 하듯 알은체하지 않는지도 모른다.

비린내로 풀칠하며 살았던 것은 내 아버지도 마찬가지였다. 새벽이 되면 아버지는 부두 공판장으로 가기 위해 옷을 입었다. 검은색 장화 속에 낡고 비린 바짓단을 구겨 넣고 나서야 대문을 나서곤 했다. 동이 트고 다시 어둠이 스며들 즈음 아버지는 어제보다 더 비린 냄새를 옷에 묻혀 집으로 돌아왔다. 염분에 전 장화 속으로 무좀 발을 꼼지락대며 집으로 향했을 아버지의 손에는 항상 물고기나 어패류 따위가 들려 있었고, 그로 인해 어린 나의 내장은 비린내로 가득했다.

아버지의 체취가 비릿하게 변해갈수록 나의 인격도 비려졌던 것일까. 아버지의 돈에서 나는 비린내가 나도 좋았다. 비리고 지저분한 아버지의 손은 거부했지만, 아버지가 주는 돈은 비려도 좋았다. 아버지의 옷과 장화가 삭고 아버지의 무좀 발이 구려질수록 나는 피죤을 뿌린 보송보송한 교복을 입고 비리지 않을 미래를 꿈꾸었다.

밥벌이를 하러 가신 아버지의 부재가 달포 해포 길어지면 나는 방목하는 염소처럼 해가 져도 귀가하지 않는 날이 많았다. 그렇게 남편과 자식들이 밤이슬을 맞으며 떠돌아도 엄마의 밥통에는 늘 따뜻한 쌀밥이 한가득했다. 기약 없는 뱃고동 소리같이 예측하기 힘든 식구들이었지만, 언제든 돌아와 밥상 앞에 앉을 수 있도록 엄마는 늘 쌀을 안쳤다.

가장이 부두로 밥벌이를 하러 가니 찬 종류는 뻔했을 터. 매끼 생선 비늘을 벗기고 내장을 꺼내야 했던 엄마의 손도 아버지 못지않게 비렸을 것이다. 엄마의 손이 비려질수록 맛있는 된장찌개와 잘 구운 생선이 목구멍으로 넘어왔다. 내 입도 아버지처럼 비려서 미운 말만 골라 했다. 엄마의 젖은 손처럼 슬픔에 찬 사춘기 시절이었다.

블루문이 뜬다는 칠흑 같은 밤이다. 바다와 깍지 끼는 법을 깨우친 나는 혼자 근처 부둣가를 걷는다. 먼 산의 능선이 한 폭의 묵화 같으니 깜깜해도 제법 보는 맛이 있다. 바다는 결박된 작은 어선들을 잠재우려는 듯 몸을 낮춰 들썩인다. 날숨과 들숨을 길게 교차한다. 살아 있음을 느끼게 해주는 냄새를 맡기 위해서다. 비린내가 아닌 살아 있는 것들의 냄새. 인간이 정한 바 없고 인위적으로 감히 흉내 내지 못하는 천지자연의 냄새다.

누가 더 검은지 내기라도 하듯 검은 바다와 하늘이 맞닿아 있는 배경을 뒤로하고 더 점등되지 못하는 등대가 애연하게 드러난다. 비린내를 묻히고 살다가 비린 채로 늙어버린 내 아버지처럼 소임을 끝내고 퇴직한 빨간 등대가 화석처럼 박혀 있다. 젊었을 때는 그도 바다를 좀 안다는 자신감과 해면의 들판을 야화夜華로 수놓던 긍지가 대단하지 않았을까. 뱃길을 가로지르는 함선과의 조우가 첫사랑을 마주한 듯 짜릿했을 것이고, 가끔은 기암절벽 위에서 마지막 신발을 벗는 중년에게 동아줄 같은 비린 손을 내밀기도 했을 것이다.

바다에서 살려면 응당 바다의 표정을 읽고 이해해야 한다는 것을 너무 늦게 배웠다. 화석처럼 제자리를 지켜내는 등대는 관계의 거리에 대해 알려주었고, 파도는 바닷가에 적을 둔 사람들에게 바다와 공생하는 법을 가르쳐주었다. 한때는 바다 사나이들의 밤 동무였을 불 꺼진 등대가 서서히 작아지는 내 아버지의 어깨와 닮아 애잔하다. 젊은 날 아버지가 부르짖었을 바다의 고독이 밀물처럼 다가와 내 발등을 적신다. 바닷물에 젖은 아버지처럼 짜고 비리다.

비린내 나는 돈으로 나를 키워준 아버지의 냄새는 비린내가 아니었다. 지독하게 고독한 바다의 냄새였다는 것을 이제는 알겠다. 망망대해에 선 사내들의 뜨거운 고독을 아는 여인이 얼마나 될까. 다시 내 발로 돌아와 삶을 부린 바다에서 거늑하게 깨달았다. 내게 박혔던 비늘이 얼마나 뾰족한 가시였는지를. 그 냄새야말로 지독한 비린내였다는 것을.

그러나 깨달음이 면죄부가 될 수 없다는 것을 아는 나이가 되어버렸으니, 이를 어쩐다. 더구나 나의 체취는 여전히 비릿하다. 가장의 책임감과 밥벌이의 고단함을 몰랐던 어린 내가 검은 바다 위에 얼비친다.

과거의 내가 누워 있는 잔잔한 수면 위에 몸을 얹는다. 등허리 밑으로 순수의 결이 반짝인다. 누가 바다에 별을 뿌렸나. 한때 어느 집 가장에겐 치열한 노동요였을, 가끔은 섬마을 아기에게 자장가가 되어주었을 파도의 노래가 들린다. 민촌民村의 부두. 이제는 비린내가 좋다. 나는 오늘도 바다에 누워 바다를 읽는다.

눈 감고 침묵하는 깍쟁이 하늘, 심심한 바다가 아기처럼 칭얼댄다. 밤의 부둣가를 걸으며 나는 조금씩 소갈머리 푼푼한 사람이 되어간다. 드디어 블루문이 뜬다.

저녁의
노래

노래는 내면을 대변한다. 기쁠 때는 혀가 춤추듯 신나는 노래가 흘러나오지만, 슬플 때는 느린 곡조에 마음이 가는 것이 인지상정이다. 애달픈 선율에 노래하는 이의 울적한 마음마저 보태지면 노래는 슬픔이라는 감정에 불을 놓는다. 반주로 마신 한 잔 술에 얼근한 기운이 더해지면 결국 노래는 한이 되어 벙어리 말문 터지듯 터져버리고 만다. 그때 부르는 노래는 이미 노래가 아니다.

작은 어촌 마을에 세간을 푼 지가 벌써 일 년이 훌쩍 넘어간다. 마을의 중앙 길가에 떡 하니 서 있는 우리 집은 마을 주민이라면 하루 한 번씩은 지나다니는 전봇대 같은 존재이다. 부러 마당까지 나가지 않더라도 매일 같은 시각 우리 집 담을 넘어 들려오는 노랫소리가 이제는 자연의 소리가 되었다. 인간도 자연의 일부라면, 인간이 내는 소리도 지저귀는 저 새들의 것과 무엇이 다르겠는가.

가끔은 구식 카세트 플레이어를 옆구리에 차고 스피커에서 흘러나오는 음악에 맞춰 노래를 부르며 지나가는 사람도 있다. 기계도 나이를 먹는 건 사람과 다르지 않은 모양인지 한 번씩 마찰음이 들리는 것이 사람 냄새가 난다. 다들 연령대가 고만고만하다 보니 들리는 노래들은 트로트 메들리가 대부분이다. 가끔은 나도 남의 노랫가락에 어깨를 들썩대기도 한다. 그런데 문득, 한 가지 의아한 점이 생겼다. 신나는 리듬에 모두가 엉덩이를 씰룩대며 지나갈 것처럼 보이지만 늘 그렇지만은 않다는 것이다.

실상 그렇다. 리듬이 신명 난다고 해서 어찌 즐겁다고 단정할 수 있을까. 웃고 있으면서도 불현듯 눈물이 나는 게 사람이고, 슬프고 괴로워도 이를 악물고 웃어야 할 때도 있는 것이 인생 아니겠는가. 인지상정이 빠지면 곤란한 인생. 나도 보통 사람이기에 흥겨운 가락에도 안색에 그늘이 가득한 사람들에게 마음이 쓰인다. 생업을 이유로 우리 집 앞을 지나치는 사람들이 주로 신나는 노래를 흥얼거리는 것은 사실이다. 그러나 낙조에 바다가 물들

즈음 들려오는 노래는 그것과 사뭇 다르게 애달프기만 하다.

속내를 알 수 없는 바다 위에서 목숨을 걸고 가장 노릇을 해온 어부들의 저녁은 선착장에 매어놓은 낡은 선박의 벗겨진 페인트처럼 생기가 없다. 만선하지 못한 어선의 가벼움과는 반대로 근심을 한가득 싣고 귀가하는 어부들의 노래는 무겁고 서글프다. 일평생 허리를 굽혀야 먹고사는 노동에 이력이 났을 농부들의 저녁은 그들의 허리처럼 힘겹게 굽어가고, 공복에 마셔댄 알코올의 취기는 한 서린 노래를 불러들인다.

그렇게 저녁 무렵이면 땅거미를 비틀면서 우리 집에 흘러드는 곡조들 속에 가장 나약하고 정직한, 아비 된 자들의 슬픔이 스며 있다.

저녁이 되면 우리 집 앞은 한을 내려놓는 길목이 된다. 식솔이 있는 집에 도착하기 전에 그 한을 조금씩 부려놓는 것이 아닐까 싶다. 고된 생에 흔들리는 가장을 보면 자신의 어깨 위에 올라탄 식솔들이 불안해할까 봐 염려하는 것이리라. 늙기는 해도 부러지지 않는 고목 기둥으로 언제까지나 건재하고 싶은 가장의 바람일 것이다.

날이 저물고 구슬픈 노랫가락이 대문을 두드리는 날이면 나는 마당을 밝히는 전구를 켜곤 한다. 내 집 앞에서 다 뱉고 가시라는 의미이다. 눈치 보지 말고 마음껏 쏟아내고 가시라는 마음이다. 가시는 길 어둡지 말라는 배려이다.

　마음 같아서는 내 집 담벼락 아래 낡은 의자 하나 준비해서 누구든 그 자리를 부리게 하고 싶다. 그믐이 건네는 서슬 퍼런 달빛과 스산한 파도 소리가 물러진 마음의 단추를 풀어버리게 할 것이다. 그때, 내가 밝힌 전구가 그들의 나약해진 발걸음을 바다가 아닌 가족이 있는 집으로 향하게 해주지 않을까 조금은 욕심을 내어본다.

　애써 터진 노랫소리가 남의 집 앞이라 주눅 들지 않도록 나는 가만가만 발꿈치를 들고 움직인다. 대면 없이 높은 담벼락을 사이에 두고 한 사람은 노래하고 한 사람은 그 노래를 듣는다. 두 사람 모두 수모誰某이기에 가능한 일인지도 모른다. 아무 날 아무 시 아무나 와도 좋을, 그런 집에 나는 산다.

　단 한 번도 아버지의 노래를 이해해보려 하지 못한 못난 딸의 마음으로 마당을 밝힌다. 술 취한 아버지의 노랫소리는 언제나 귀찮고 지루한 주정에 불과하다고 여겼다. 힘겨웠을 수많은 밤, 가족들에게 외면당한 아버지는 뉘 집 담벼락 앞에서 한 서린 노래를 부려놓으셨을까. 누구든 한 사람은 내 아버지의 노래를 들어주었을지도 모른다. 그 믿음과 감사로 인해 저들의 노랫소리를 듣고 길을 밝혀줄 깜냥이 되었는지도 모르겠다.

아직도 아버지의 그 마음을 다 알지 못하는 나의 결함은, 저물녘 담을 넘는 노래를 들으며 더욱 성숙하리라 믿는다. 간간한 바닷바람 속에 그보다 더 짠 눈물을 숨기고 살았을 늙은 아버지들의 노랫소리가 좋다.

담 너머가 조용한 오늘, 모두 무탈한 저녁이었을까.

나는 좀
울기로
했다

아프다. 눈물이 나오려나 보다. 코끝이 찡해지더니 이내 관자놀이가 뻐근하다. 귀 뒤쪽 림프샘에서 시작된 통증이 정수리까지 이어진다. 눈자위가 욱신욱신하다가 끝내 눈물이 맺힌다. 예측하지 못한 눈물은 이렇듯 통증을 동반한다. 울어야 할 상황이 예측되면 통증이 없다. 슬픔이 충분히 예열되기 때문이다. 그러나 우발적인 눈물은 통증과 함께 온다.

그저 비 내리는 창밖을 바라보고 있었다. 마당이 있고, 나무가 있고, 너머에 온통 산을 마주한 네모난 세상이었다. 고운 소리를 내며 봄비가 내렸다. 안녕! 껌뻑 졸고 있던 컴퓨터 화면에서 고개를 들었을 뿐이었다. 순간, 혼백이 상처한 듯 정신이 몽롱해졌다. 그리고 통증이 시작된 것이다.

감정을 기다려주지 않는 눈물은 거침없다. 까닭을 모르니 황당하고, 휴지를 쥐었을 땐 이미 봇물이 터진 후다. 안녕! 봄비의 목소리는 반갑다는 인사가 아니었다. 잘 가라는 인사였다. 어린아이처럼 가지 않으려는 겨울의 엉덩이를 툭툭 치며 달래는 목소리였다. 이 사람은 충분히 시리고 아팠단다. 그러니, 안녕!

저기 작은 액자 속에서 내가 울고 있다.

세수만 해도 빛나던 시절, 스튜디오에서 사진 촬영을 했다. 완벽한 화장과 스타일링을 마치고 예쁜 옷을 입었다. 번쩍이는 조명 앞에 서서 행복한 표정을 지었다. 중년의 사진작가는 많은 걸 요구했다. 그가 바라는 것은 '총체적 예쁨'이었다. 웃어야 했고, 눈을 크게 떠야 했고, 신체 곡선이 드러나도록 몸을 비틀기도 예사였다. 내 미소가 마음에 들면 "좋아! 예뻐!"를 외치며 사기를 북돋아주었다.

옷을 몇 벌 갈아입고 나니 점심시간이었다. 나는 사진작가에게 다가갔다.

"작가님, 부탁이 있어요. 식사 끝나고 진행할 때는 우는 모습을 찍어주세요."

사진작가는 깜짝 놀랐다. 스태프들도 어이없는 표정이었다. 그랬을 것이다. 여자라면 예쁜 사진을 남기고 싶은 게 당연했다. 작가는 울 수 있겠느냐 물었다. 나는 물론 울 수 있다고 했다. 자신이 사진 찍는 일만 이십오 년을 했는데 이런 경우는 처음이라며 당황스럽다고 했다. 나는 우는 사진을 갖고 싶었다. 맑고 예뻤던 오월의 어느 날, 나는 울기로 했다.

내가 감정을 잡을 때까지 작가는 기다려주었다. 기다리면서 카메라 셔터를 계속 눌렀다. 눈물이 나오는 찰나를 놓치지 않으려는 듯했다. 모든 스태프가 숨소리를 죽이고 내 눈을 주목했다. 나는 보란 듯이 눈물을 흘렸다. 통증 없는 눈물은 섧은 소리를 내었다. 저릿한 가슴을 움켜쥐기도 했다. 못생기게 미간을 찌푸렸고 화장이 지워지며 얼룩졌다. 마스카라가 흘러 검은 눈물 자국이 생겼지만 아무도 끼어들지 않았다. 나는 울고 싶은 만큼 울었다. 창밖의 투명한 하늘을 바라보며. 건너편 건물에 굴절되는 햇살을 아파하며. 여물지 않은 청춘을 보내며.

사진작가는 들떠 있었다. 우는 여자 사진은 처음 찍는데 뭔가 전율이 느껴졌다고 말했다.

"무슨 생각을 하며 울었어요?"

스태프가 물었다.

"저렇게 예쁜 하늘만 봐도 눈물이 날 때가 있죠."

나는 밝게 웃으며 답해주었다. 나보다 한참 어린 스태프는 고개를 갸우뚱했다. 어리다고 다 모르는 건 아니겠지만, 몰라도 되는 건 모르고 살아도 좋다. 웃는 방법을 익히는 데도 시간이 필요한 법이니까. 어찌 됐든 눈물은 슬픔과 한 몸이고, 가끔은 오늘처럼 통증을 동반하기도 하니까. 할 수만 있다면 웃고만 살아도 좋지 않을까.

사진이 나오던 날 스튜디오에서 전화가 왔다. 일 년에 한 사람에게 돌아가는 이벤트에 뽑혔다고 했다. 작가가 가장 마음에 드는 사진을 뽑아서 그 사람에겐 촬영비를 받지 않는다는 것이다. 몇십만 원짜리 촬영이었다. 작가에게 어지간히 충격적인 사진이었나 보다. 그렇게 공짜로 받은 사진 속 나는 여전히 울고 있다. 인상을 쓰며 못생기게, 내가 가진 가장 정직한 표정으로. 존재하는 것에 의미 없는 눈물이 어디 있을까.

다시 창 너머 네모난 세상 속으로 들어선다. 봄비가 헐벗은 나뭇가지를 하나하나 애무하듯 건드리고 지나간다.

지렁이가 소리 없는 디스코를 추고 개구리는 더 높이 뛸 준비를 한다. 납작 늘어진 작은 냉이가 입을 벌려 봄비를 취한다. 어디선가 날아든 벚꽃잎이 창가에서 맴돈다. 춘향이 그네 타듯 바람을 탄다. 예고 없는 눈물의 통증은 여기서 시작되었다.

어떤 상념에 빠진 것도 아니었다. 봄이 오려는 작은 몸부림이 다만 눈물이 되었다. 마치 내 인생에 봄이 온 듯 더없이 반가웠다. 살다 보면 불현듯 눈물이 말을 걸 때가 있다. 가장 정직한 내 모습을 마주하는 시간이다. 통증은 아프지만 그만한 가치가 있음을 안다. 오늘 이 눈물이 찬란한 봄의 서막이라면 나는 기꺼이 울 뿐이다. 겨울의 등을 떠미는 봄의 목소리가 들린다.

이 사람은 충분히 시리고 아팠단다. 그러니, 안녕!

오늘도, 나는 울기로 했다.

나는 울고 싶은 만큼 울었다
창밖의 투명한 하늘을 바라보며
건너편 건물에
굴절되는 햇살을 아파하며
여물지 않은 청춘을 보내며

그는 이미
늦은
사람이었다

　　　편지는 계속 이어졌다. 낡은
우체통에서 해가 저물도록 내 손길을 기다리고 있던 그
의 편지. 돌이킬 수 없는 길을 걸어갔으면 돌아보지 말 것
이지, 어쩌자고 하루가 멀게 편지를 쓸까. 쓰는 사람은 수
신 확인을 할 수 없어 괴로울 테고, 읽는 사람은 외면해야
해서 괴로운데, 그는 왜 계속 편지를 보내는 걸까. 악필로
한 자 한 자 눌러쓴 그의 진심은 알겠으나 나는 이미 다른
인생을 붙잡았는걸.
　억겁의 인연 끝에 맺어지는 것이 부부의 연이라면 그
연이 끊어지는 것은 억겁의 고통이다. 오죽하면 이혼이
부모의 죽음보다 더 큰 스트레스라고 할까. 너덜너덜 위
태로운 그 끈을 놓지 않으려고 이미 재가 되어버린 심장

을 얼마나 오랫동안 끌어안고 버티며 견뎌왔던가. 혼자
가 된 지금도 나는 삶을 버티고 견뎌야 하지만, 사람을 견
디느니 차라리 배고픔이 낫다는 것을 알아버렸다.

쳐다보는 것만도 아까워서 눈물이 났던 그 사람이, 기
필코 이생에 이 사랑 하나는 지키겠노라 다짐하게 했던
그 사람이, 이제는 남이 된 채 미안해, 미안해를 반복하
며 내 우체통에 꽂혔다. 그 수많은 편지를 쓰며 그가 흘렸
을 후회와 자책의 눈물 자국이 편지지에 고스란히 박혀
있었다. 나는 그저 할 만큼 하라고 내버려두었다. 할 만큼
하고 미련 없이 당신 인생을 살라는 뜻이었다.

그는 이미 늦은 사람이었다.

동이 틀 때까지 걷고 또 걸었다. 당시 내게는 차가 없
었고, 태풍 때문에 차량이 통제되는 바람에 도로에는 달
리는 차도 없었다. 나는 갈 데가 없었다. 빈몸으로 나와
서 돈도 없었다. 괴물이 있는 집으로 다시 돌아갈 수도 없
었다. 엄마……, 엄마……, 엄마……. 그 이름만이 쏟아
지는 빗물처럼 목구멍에 흘러넘쳤으나 차마 그 품으로 갈
수 없었던 것은 모든 게 끝장날 것 같아서였다. 그 와중에
도 나는 끝장날 것들이 두려웠다. 신발 안에 물이 차서 양

말을 벗었더니 발가락이 불어터져 있었다. 그래도 걸었다. 세 시간을 걷다가 정신을 차려보니 나는 엄마에게 가고 있었다.

젖은 생쥐 꼴로 문 앞에 서 있는 딸의 모습을 엄마가 보았다. 나는 아무 말도 할 수 없었다. 엄마도 아무 말 하지 않고 보일러를 틀어주었다. 샤워하고 나온 나를 앉혀놓고 엄마가 낮은 음성으로 물었다. 맞았니? 나는 눈만 껌뻑거렸다. 엄마는 다시 묻지 않고 이불을 깔아주었다. 그날 나는 방바닥에 머리를 박으며 후회했다. 지금도 마찬가지다. 나는 후회한다. 죽을 때까지 후회할 것 같다. 엄마한테 엄마의 과거를 보여준 그날을.

먹고살아야 했기에 직장을 다녔지만 나는 곧 사직서를 내야 했다. 나도 모르는 사이에 나는 병들어 있었다. 말이 어눌해지고, 안면근육 마비가 오고, 남자를 보면 숨이 차고 거품을 물었다. 나는 내 발로 병원을 찾아가 내 손으로 나를 가두었다. 그 고통의 시간을 버티게 해준 게 문학이었다. 외출을 할 수 없었던 나는 읽고 쓰는 것 말고는 할 수 있는 게 없었다. 하루 열다섯 시간씩 책상 앞에 앉아 있었다. 읽었고, 썼고, 울었고, 아팠다.

억겁의 인연을 끊는 대가로 빚과 가난이 따라왔다. 그

의 손에 한 번 버려진 적이 있었던 반려견도 내가 품었다. 그리하여 오롯이 내가 책임져야 할 세 가지가 생겼다. 빚과 가난과 개. 나는 그것들을 내 소설로 책임지겠다고 다짐했다. 그러나 소설은 밥벌이가 되지 못했고, 빚은 늘어갔고, 그러므로 가난했고, 평생 약을 먹어야 하는 반려견의 약값이 없어 발을 동동 구르며 살았다. 내가 얼마나 버틸 수 있는지, 인간의 명줄이 얼마나 질긴 것인지 시험이라도 하려는 듯 신은 고약하게 굴었다. 지금까지도.

나는 여전히 소설을 쓰고, 그는 이제 편지를 쓰지 않는다. 나는 계속 소설을 쓰겠지만 그는 앞으로도 편지를 쓰지 않을 것이다. 편지를 쓰지 않아도 좋을 만큼 그가 행복했으면 좋겠다. 긴 인연을 만나 후회하지 않는 삶을 살았으면 좋겠다. 사랑에 모든 것을 걸어본 기억만으로 얼마나 감사한 일인가. 인연이 다한 것을 사람의 힘으로 어찌하겠는가. 먼 훗날 혹시 만나게 된다면, 늦은 편지에 대한 늦은 답을 주고 싶다.

괜찮아요. 살아 있으니 다 괜찮아요…….
고마워요. 덕분에 꿈을 되찾았어요…….

할머니의
숟가락

　　　　　　　겨울바람이 잦아들 무렵이었
다. 한 신문사 기자가 우리 집에 방문한 일이 있었다. 기
자는 현관 입구에서 신발을 벗지 못하고 머뭇거렸다. 들
어오라고 하니 집이 너무 깔끔해서 함부로 들어갈 수 없
을 것 같다며 조심스럽게 신발을 벗었다. 누추한 거실 바
닥에 자리를 내어주자 집이 참 단출하다고 한다. 자주 듣
는 말이지만 들을 때마다 찬바람이 가슴속으로 훅 들어
온다. 궁금해하는 기자 앞에 따뜻한 모과차를 내어주면
서 이렇게 사는 이유를 설명해주었다.

　언젠가부터 당장 쓰지 않는 물건은 집에 들이지 않게
되었고, 들어놓았다가도 쓰지 않게 된 물건은 미련 없이
나누거나 버리는 습성이 생겼다. 운동화에 구두 한 켤레

만 있으면 어떤 외출이든 불편함이 없고, 계절에 맞게 외출복 한두 벌씩만 있으면 충분하다. 식기도 가족 수에 맞으면 그만이고, 이불도 추운 날과 더운 날 덮을 정도만 있으면 된다. 그러다 보니 많은 수납장이 필요치 않게 되고, 집은 점점 단출해지는 것이다. 그럼에도 불구하고 나는 매일같이 정리를 한다. 내가 세상에 남기고 가야 할 것이 무언지 생각하는 습관 탓이다.

내가 살던 마을에 부지런한 할머니가 있었다. 언제나 말씀도 조곤조곤하시고 입성이 깔끔해서 참 곱게 늙으셨구나 싶었다. 할머니는 항상 집에서 뭔가를 가지고 나와 길에 있는 아무에게나 그것을 주곤 하셨다.

나도 한두 번 할머니가 주시는 것을 받은 적이 있다. 대단한 것은 아니었다. 각종 열매나 참기름, 그리고 숟가락 따위. 열매를 받았을 때까지만 해도 그저 정 많은 이웃 할머니의 나눔이라 생각했다. 참기름을 받았을 때는 조금 이상했다. 쓰다 남은 참기름이었다. 나는 받기를 거부했으나 할머니가 너무 완강했다.

"집에 기름 냄새가 나야지."

매일 우리 집 앞을 산책하시더니 내가 음식을 잘 해 먹

지 않는 걸 아셨을까. 그렇게까지 말씀하시는 할머니의
참기름을 차마 받지 않을 수가 없었다.

　마지막으로 받은 숟가락은 정말 별다른 의미가 없어
보였다. 그즈음 할머니가 치매를 심하게 앓고 있다는 소
문을 들었기에 나는 숟가락을 받아들고 한동안 멍했다.
거절해봤자 또 버티실 게 분명했다. 나는 결국 숟가락을
들고 집으로 왔다. 수십 년은 밥을 떴을, 낡고 구부러진
은수저였다. 자루 끝에 희미하게 자수 문양이 박힌 걸 보
니 오래되어도 참 오래된 숟가락이었다. 나는 숟가락을
씻어 싱크대 서랍에 넣어두었다.

　그 뒤 할머니의 모습이 보이지 않았다. 그리고 얼마 지
나지 않아 할머니가 돌아가셨다는 소식이 들렸다. 시골
마을에서는 남의 집 경조사를 마을 방송으로 널리 알려
서 함께 축하하거나 애도한다. 할머니의 함자를 알지는
못했지만, 직감으로 그분임을 알 수 있었다.

　할머니의 세간이 실려 나가던 날 모두가 놀랐다. 이 동
네로 시집와 칠십 평생을 살았는데 세간을 실은 1톤 트럭
이 넉넉히 남았기 때문이다. 그마저도 두어 시간 짚불에
던지면 그만일 물건들이었다.

　나는 서랍에 넣어두었던 숟가락을 꺼내 들었다. 치솟

는 눈물에 가슴이 시렸다. 할머니가 마지막으로 내게 주고 가신 숟가락. 숟가락을 내게 주신 그날엔 할머니의 정신이 온전했을까. 할머니는 그날부터 곡기를 끊고 먼 길 가실 채비를 했는지도 모른다. 언제부터 어떻게 정리를 하면 가는 길이 저리 가벼울 수 있을까.

할머니의 숟가락을 들고 절에 갔다. 불상 옆에 두고 삼배한 뒤 극락왕생을 빌어드렸다. 숟가락 하나까지 정리하고 가신 할머니의 모습은 내내 기억에서 잊히지 않았다.

그때부터였을까. 나는 불필요한 물건들을 집에 두지 않게 되었다. 갈 때가 언제인지는 모르겠다. 아는 자 누가 있겠는가. 다만, 모두가 간다는 불변의 법칙을 인지하면서 나는 소유에 대한 집착을 버리게 된 것이다. 마지막 숟가락까지 순서가 닿기엔 내 나이가 그리 서두를 필요는 없다는 생각이지만 난 순서대로 가는 법칙은 들어보지 못했다. 그러니 차라리 사는 내내 정리하자는 마음을 갖게 된 것이 습관이 되었다.

어디선가 들은 말인데, 가방이 크면 근심이 많다고 했다. 평소 넣어 다니는 물건이 많으면 그만큼 근심거리가 많다는 말인데 지금에야 그 말의 의미를 알겠다. 소유한 것이 많으면 잃을까 염려하게 되고, 물건 하나하나에 신경을 쓰게 되니 그 가짓수가 많을수록 근심이 는다는 말이 아닐까 싶다. 살면서 무언가를 소유하고 있는 시간이 얼마나 된다고 잠깐의 편의와 욕망을 위해 근심거리를 늘리겠는가.

많이 갖고 많이 누리면 당장은 편할지 모르지만, 물건도 결국 근심이 된다는 것을 알아간다. 마지막 밥을 뜨는 숟가락 하나까지 내가 정리할 수 있다면 마음이 놓일 것 같다. 남은 누군가가 내 뒷일을 처리하는 것을 나는 원치 않는다. 내가 쓰던 물건은 내가 정리하고 싶은 고집이 좀처럼 사라지지 않는다. 자꾸 하다 보니 그것도 마음 수련에 도움이 되었다. 없는 살림에 갖고 싶은 것이 생겨도 할머니의 숟가락을 떠올리면 그 마음이 쏙 사라진다. 숟가락 하나까지 정리하려면 아직도 나는 가진 게 많다는 생각이 든다.

따뜻한 모과차에서 김이 모락모락 다 피어오르도록 기자는 내 이야기에 빠져 있었다.

"정말 감동적이네요."

기자가 말했다.

"입지도 않는 옷을 아까워서 버리지도 못하고 처박아 놓은 게 한두 벌이 아닌데 저도 정리를 해야겠어요."

나는 미소를 지었다. 표현할 수 있는 게 미소밖에 없었다. 그렇게 하라고 말할 수도, 하지 말라고 할 수도 없는 일임을 알기 때문이다. 집 안을 다시 휘 돌아보던 기자는 그제야 모과차 한 모금을 삼키며 말했다.

"다시 보니 단출한 게 아니라 평안해 보이네요."

느끼는 만큼 보이는 건가. 처음에는 단출하게 느껴진 집이 평안하게 느껴졌다니 내 삶이 이해 못 할 막무가내는 아닌가 보다. 약속된 인터뷰보다 더 긴 이야기였지만 나도 할머니의 숟가락을 다시 떠올리며 마음을 다잡는 시간이었다.

문을 나서는 기자에게 집에 있던 멸치와 모과차를 챙겨 건넸다. 손사래를 치며 극구 사양했지만 결국 받아 갔다. 내가 건넨 마지막 말이 손사래 치던 그의 손을 내 쪽으로 쑥 내밀게 했을 것이다.

"이것이 할머니의 숟가락 일부라고 생각해주세요."

나는 그날도 그렇게 삶의 일부를 정리했다.

그곳에서는
모두가
꿈을 꾼다

        젊음을 모두 소진했노라 생각
될 즈음에 후미진 어느 골목에서 조촐한 헌책방을 운영하
는 것이 한때 나의 바람이었다. 삶과 세월, 세상의 모든 것
들이 집결된 헌책방의 매력에 흠씬 빠져든 이유였다.

  글을 쓰겠노라는 막연한 꿈이 움트기 시작했을 무렵,
헌책방이 즐비한 허름한 골목에서 방황한 날들이 있었
다. 군데군데 낡고 빛바랜 헌책들 사이로 뿌옇게 내려앉
은 먼지를 닦아내며 고대의 유물이라도 찾듯 작가들의
데뷔작을 찾아 읽곤 했다. 책만큼이나 오래된 낡은 책방
안에서 오래된 책들을 뒤적이다 보면, 간혹 집필한 작가
의 이야기가 아닌 독자들의 삶이 녹아 있는 때도 있었다.

  어떤 책의 첫 장에는 사모하는 누군가에게 책을 선사

하는 마음이 가슴 시린 자필에 고스란히 담겨 있는가 하면, 사랑을 노래하는 시의 한 구절이나 요절한 철학자가 남긴 삶의 메시지가 포스트잇에 매달려 있기도 했다. 기나긴 겨울밤, 사랑을 잃은 이가 흘렸을 육방정계의 결정체처럼 아름답게 얼룩진 눈물방울들이 어느 시인의 시집에 응집되어 장과 장이 서로 부둥켜안고 있기도 했다. 그런 사연 있는 헌책들을 만날 때면 삶과 문학에 대한 막연한 환상에 가슴이 벅차오르던, 꿈을 꾸기 시작한 날들의 설렘으로 가득했던 시절이 내게도 있었다.

아무것도 아닌 상태로 지나가버린 것만 같은 그 시절의 의미가 시절의 의미를 넘어서서 가슴 아픈 죄책감과 미안함으로 남겨졌을 때는 이미 생의 다음 단계를 향한 나이에 당도해 있었다. 꿈과 멀어진 시간 속에는 헌책방의 낭만적인 추억도 사라지고 상대적 빈곤과 밥벌이의 힘겨움만이 가까스로 현실을 견뎌내고 있었다.

가난은 결코 낭만적이지 못했다. 꿈을 잃어버리지 않도록 욕심을 낼라치면 가정이 무너질까 봐 한숨을 쉬며 살아야 했던 날들 속에 가난은 결코 먼저 나를 놓아주지 않았고 꿈은 스스로 찾아오는 법이 없었다. 무언가를 포기하지 않기 위해 가난을 안고 가야 했던 나는 조금씩 얄팍한 생존의 법칙을 알아가고 있었다.

가진 것 없는 자가 죽거나 포기하지 않고 꿈을 꾸며 살기 위해 지켜야 할 것은 건강이었고, 버려야 할 것은 자존심이었다. 책이 너무 읽고 싶은데 책을 살 돈이 없었다. 더 솔직히 말하자면, 돈이 생기면 책보다 삼겹살이 더 먹고 싶었고, 꿈보다 식욕을 택할 만큼 나는 자존심을 버리고 살았다.

그러던 어느 날 무심코 인터넷을 떠돌다 발견하게 된 도서 증정 이벤트에 남은 자존심마저 모두 버리게 되었다. 출간을 앞둔 책을 홍보하기 위한 수단으로 출판사에서 진행하는 이벤트였는데, 요구하는 글제에 맞게 댓글을 작성하면 솜씨 좋은 것들을 추려서 선물로 그 책을 보내주는 방식이었다. 그렇게 일 년 동안 수십 권의 책들이 무료로 배달되었다.

나는 신이 났다. 공짜라서 좋았고, 그게 책이라서 더 좋았다. 열 번 쓰면 아홉 번은 뽑혔으니 역시 글재주가 있다며 자화자찬도 잊지 않았다. 새로운 책을 읽을 수 있다는 것이 기뻤던 게 아니라 공짜로 새 책을 갖게 된 것이 기뻤다고 말하는 편이 정직하겠다. 아무리 애를 써도 좀처럼 나아지지 않는 팍팍한 살림을 이끌면서 어떤 새 물건을 소유하는 것에 대해 희열 비슷한 감정을 느꼈고, 그것을 공짜 책을 통해 대리 만족한 것이다.

헌책방 먼지 속에서 꿈을 꾸며 그 꿈을 이루기 위해 갈고닦았던 실력이 책을 공짜로 얻기 위한 도구로 전락하고 말았지만, 그러한들 이미 자존심을 버린 나는 전혀 부끄러울 게 없었다.

해를 거듭해서 같고 다른 계절들을 속절없이 떠나보내고 세월의 빠르기를 짐작하는 나이가 되어서야 알게 되었다. 먹고살기 위해 자존심을 버리는 것은 인지상정의 논란이 없지만, 꿈을 향한 자존심을 버리는 것은 부끄러운 일이라는 것을.

나는 꿈을 이루기 위해 글을 쓰는 대신 공짜로 책을 얻기 위해 글을 쓰며 꿈을 꾸는 자의 품위를 잃어버렸다. 그 시간을 생각하면 지금도 가슴속에 종이 울린다. 심장 안에 그 기억의 혹이 고름을 잔뜩 물고 매달려 때때로 대롱거리며 뜨겁게 종소리를 낸다. 그 소리는 결국 내 안에 꿈이 다시 찾아들 수 있도록 이정표가 되어주었다.

종소리가 날 때면 부패하고 타락한 마음을 다잡으러 도서관에 다녀오곤 했다. 그러나 오래도록 형편이 좋지 않았던 나는 돈도 물건도 빌리는 것에 넌더리가 난 상태였고, 그럴수록 책을 소유하는 것에 대한 부질없는 집착은 거세지고 있었다. 도서관에 익숙해지지 않을수록 책을 소장하고 싶은 마음은 쉽게 변하지 않았고, 현실을 비관하는 마음만 커졌다. 결국, 버려야 채울 수 있다는 법정 스님의 일침을 집어삼키며 나는 책에 집착하는 마음을 비우기로 했다.

헌책방 관계자는 트럭을 몰고 와서 나의 꿈과 낭만이 담긴 책 수백 권을 실어 날랐다. 그동안 나는 손톱을 물어뜯고 있었다. 그 안에는 저자의 친필 사인본과 절판된 책들도 있었고, 헌책방에서 먼저 보고 소장하고 싶었던 것들만 따로 사서 모은 것도 많았다. 이루 말할 수 없이 아까웠다. 그러나 다시 시작하려면 비워야 했다.

그날 내 보물들과 이별하고 집착을 떼어낸 뒤 내 손엔 삼십몇만 원이 쥐어졌다. 나는 그 돈을 들고 내내 울었다. 살아 있는 생명과의 이별이 아니더라도, 이별이라는 단어가 어울리는 상황에서는 늘 그렇게 아프고 아쉽고 힘들다는 것을 중년의 문턱에서 깨달았을 만큼 나는 어리석었다. 그렇게 추억과 낭만을 떠나보내며 실연을 당한 채 아이처럼 울고 있었다.

이별의 아픔에 가슴을 베여본 사람들이 종종 새로운 사랑을 거부하며 마음을 닫아버리듯 그날 이후로 나는 책을 사들이는 일이 좀처럼 없었다. 대신 마실 나가듯 슬렁슬렁 도서관에 다녀오곤 했다. 책을 읽는다거나 빌리는 행위 역시 자주 하진 않았다. 그냥 목적 없이 도서관에 갔다. 어슬렁거리며 도서관을 배회하다가 조금씩 책을 빌리고 조금씩 자료를 찾기 시작하면서 여유가 생기자 사람이 보였다.

어떤 이는 흘러가는 시간을 채우기 위해, 어떤 이는 학습의 향상을 위해, 어떤 이는 꿈을 이루기 위해 도서관에 있었다. 어떤 이는 어머니의 도시락을 먹으며 힘을 내고, 어떤 이는 아내의 녹즙을 마시며 힘을 냈다. 뜻은 다르지만 목적은 비슷해 보였다. 인생의 부족한 부분을 충만하게 만들기 위해서, 또는 놓치고 산 것들을 되찾기 위해서.

헌책방 같은 낭만은 없을 줄 알았던 내 착각은 전형적인 선입견이었다. 아파야 청춘이라는 아픈 말로 위로할 수밖에 없는 각박한 현실에서 문학을 뒤적거리는 청춘의 자태는 눈물겹게도 낭만적이었다. 반백의 어르신이 돋보기를 쓰고 독서에 집중하는 모습 또한 경건한 낭만이었다. 책이 있고 그 책을 보는 사람이 있는 곳은 어디나 낭만적이라는 것을 이제야 깨닫다니, 과연 내 기억 속 책방의 낭만은 진실이었을까. 어쩌면 영화나 소설 속 장면을 팸플릿처럼 찍어내어 낭만이라 생각한 것일지도 모른다.

그곳에서는 가난한 사람도, 못생긴 사람도, 늙은 사람도 모두가 동등하게 꿈을 꿀 수 있다. 누구의 현실도 누구의 꿈도 빈정대거나 무시하지 않는다. 그곳에서는 모두가 꿈을 꾸기 때문이다. 헌책방에서 꿈을 좇던 나는 스무 해를 돌아 도서관에서 늦은 꿈을 다시 꾸고 있다. 꿈 주변을 어슬렁대는 나를 통해서 나처럼 느지막이 꿈을 되찾는 이가 한 명이라도 있다면 더없이 좋겠다.

나는 오늘도 도서관에 간다. 책은 반납할지언정 꿈은 절대 반납하지 않으리라 다짐하며 집을 나선다. 그 발걸음이 내 꿈에 더 가까이 다가가게 해줄 것을 나는 믿는다.

초등학생의
가르침

산골에서 유폐된 생활을 하기 전까지 나는 학원에서 논술을 가르쳤다. 남해의 작은 논술학원에서 내게 논술 수업을 받던 남자아이가 있었다. 당시 초등학교 3학년이었다. 잘생기고 성실하고 똑똑하기까지 한 최고의 학생이었다. 그룹 논술 수업의 특성상 자신의 이야기를 할 기회가 많았다. 그날은 그러니까 부모님의 이야기를 시로 표현하는 날이었다.

평소 그렇게 글을 잘 쓰던 아이가 미동도 없이 노트만 바라보았다. 내가 새벽만 되면 한글 파일을 열어놓고 커서만 쳐다보는 것과 같았다. 그 마음이 짐작 가고도 남았다. 나는 잠자코 기다려주었다. 섣불리 중단시키지도 보채지도 못할 일이 글쓰기라는 걸 알기 때문이다.

아이는 결국 한 글자도 못 쓰고 수업이 끝나버렸다. 나는 아무 일 없다는 듯 아이들의 노트를 거두었다. 주섬주섬 늑장을 부리며 자리를 정리하던 아이가 집에 가서 써 오겠다는 말을 했다. 나는 부담 가질 필요 없다며 등을 쓸어주었다.

다음 날, 아이가 먼저 노트를 내밀었다. 전문이 다 기억나지 않지만 아이가 써 온 시는 대략 이런 내용이었다.

엄마 아빠의 야채가게
나는 야채가게 배달부
엄마 아빠는 새벽부터 야채를 팔고
엄마 아빠를 도와 배달을 가는 아이
한 건에 천 원씩
그 돈을 모아 학용품을 사고 간식을 사 먹는다
엄마 아빠가 열심히 사니까
나도 열심히 공부할 거다

그날 아이는 엄마 아빠에 대해 생각할 시간이 많이 필요했던 것이다. 글을 짓는 과정은 어린아이에게도 많은 사유와 선별의 시간을 요구한다. 아이가 집에 가서 얼마나 많은 생각을 했을까. 기특하고 고마웠다.

　선입견을 품지 않기 위해 학부모에 대해 억지로 알려고 하지 않는 편인데 그런 식으로 알게 되기도 한다. 아이가 왜 이렇게 성숙한지, 공부를 왜 열심히 하는지, 학원을 왜 그렇게 열심히 다니는지, 그날 아이가 쓴 글이 모두 말해주었다.

　어느 날, 여러 학원 셔틀에 지친 아이가 책상에 엎드려 있었다. 아프냐고 물었더니 그냥 피곤한 거란다. 나는 아이가 안쓰러워 조언을 해주었다.

　"너무 힘들면 엄마 아빠한테 말해서 학원 좀 줄여달라고 해. 우리 학원이라도 괜찮아."

　자세를 바로잡던 아이가 씨익 웃으며 대답했다.

　"괜찮아요! 저는 엄마 아빠처럼 새벽부터 일하진 않잖아요."

　내가 나쁜 딸이라는 건 그날로 명백한 사실이 되었다.

모든 것은
일순간
지나간다

　　　　봄이 오긴 아직 이른 모양이
다. 겨우내 늘어지게 늦잠을 자고도 해는 좀처럼 하루를
밝히려 하지 않는다. 무엇이든 시작해야 할 것 같은 희망
과 설렘이 충만한 봄의 초입인데 거실 창에는 바람이 하
품을 해놓은 듯 희읍스름한 자국이 퍼져 있다. 야속한 마
음에 손가락 두 개로 창에 물길 두 줄을 그어버린다. 두
줄기 인공 수로가 생기기 무섭게 용의 초리처럼 제멋대
로 물줄기가 떨어진다.

　그래, 이런 거지. 봄이라는 게 늘 아기 같지.

　어느덧 희번하게 날이 밝기 시작했다. 드디어 기상한
해가 잰걸음으로 하늘을 오르고 경각 간에 세상을 밝혀
놓았다. 그러자 거짓말처럼 드러난 하얀 꽃! 그리 크지

않은 평범한 나무 끝에 하얀 꽃들이 만개했다. 어제만 해도 보지 못한 것들이다. 어쩌면 어제도 있었는데 내 마음에 꽃을 볼 여유가 없었는지도 모른다. 어찌 됐든, 곱고 아름답다. 나에게 가장 먼저 봄을 가져다준 이 녀석의 이름은 목련이다.

난초의 향을 빼닮아 향기에 기품이 흐른다. 하얗고 고고한 봉오리는 그 생김이 붓과 같아 유혹에 쉬 흔들리지 않는 선비의 신념을 느끼게 한다. 싹에서 봉오리를 틔우는 다른 꽃들과는 달리 목련은 봉오리를 달고 겨울을 난다. 그 집념과 인내가 저 아름다운 백화를 만들어냈을까.

난만한 목련과 함께 아침을 맞으며 삼월의 끝자락을 내달리던 어느 날 아침, 또 한 번의 봄이 찾아왔다. 목련 옆에서 겨우 싹만 터 있던 나뭇가지 끝에 앙증맞으나 풍성한 꽃들이 만개했다. 와! 탄성을 절로 자아내게 하는 녀석들의 이름은 다름 아닌 벚꽃이다. 목련의 아름다움에 매료되었던 며칠간의 기억은 사라지고 벚꽃을 보니 진정 봄이 왔구나, 환한 미소가 번진다.

벚꽃은 날이 갈수록 화려하고 대담해진다. 일렬로 늘어선 벚나무는 꽃이 만개하자 점점 더 그들만의 군락을 형성해간다. 그에 비하면 처연해 보이는 한 그루 작은 목련. 벚나무의 위세에 휘둘리지 않으려는 목련의 고상한 품새가 당알져 보인다. 그들 덕분에 나는 하루하루 즐거운 양안투쟁을 하며 눈으로 봄을 마신다.

간밤에 소록소록 빗방울이 흩날리더니 봄이 움트려고 비가 한목 내렸다. 꽃들과 아침 인사를 하기 위해 창문을 열었더니 목련 바로 옆 벚나무 가지가 목련 가지 속을 디밀고 들어가 흔들리고 있다. 간밤에 치열한 전쟁이라도 치렀을까. 바닥이 빗물에 젖어 어여쁜 형체를 잃은 벚꽃으로 난장판이다. 목련에 까불다가 머리채라도 잡혔는지 모르겠다. 반면에 목련은 무슨 일이 있었느냐 시치미를 떼며 갈모를 바로잡고 올곧게 앉는다.

벚꽃에 대한 첫 기억은 여고 시절로 거슬러 올라간다. 꽃다운 그 시절, 내게 봄은 설렘이 아니라 두려움이었다. 밤이면 부족한 잠과 불안으로 극한의 스트레스에 시달렸고, 성적과 입시의 압박은 계절의 변화를 무색하게 했다. 어느 날, 존경하는 은사님께 고통을 토로하는 편지를 보냈다. 며칠 후에 짧은 답장이 왔다.

봄, 온통 벚꽃이다.

역사적 내용이야 어찌 됐든 아름다운 걸 어찌하랴.

편지는 그렇게 시작되었다. 봄을 잃은 제자에게 봄소식을 알리고픈 은사의 마음이 담겨 있었다. 그리고 그 시절에는 몰랐던 푸시킨의 시를 일부 인용하는 것으로 짧은 편지는 끝이 났다.

오늘 비록 비참할지라도 모든 것은 일순간 지나간다.
그리고 지나간 것은 그리워지는 것.

나는 마치 모스부호를 해독하듯 편지를 읽고 또 읽었다.

다음 날 아침, 편지를 손에 들고 어깨에 책을 한가득 싣고 학교로 향하던 길이었다. 편지 위로 작은 벚꽃잎이 내려앉았다. 수년간 다닌 길인데 벚꽃이 핀 것도, 낙화하는 것을 본 것도 처음이었다. 벚나무를 한참 올려다보았다. 그때, 은사님의 편지에 답을 찾았다. 식민지의 잔재라는 오명을 이겨내고 만천하에 아름다움을 뽐내는 저 벚꽃처럼 언젠가 찾아올 나의 찬란할 봄에 지금의 고통 따위는 아무것도 아닐 거라는 것을. 나는 아직 피워낼 꽃이 있다는 것을.

오랜 세월이 지난 지금도 은사님의 편지는 묵묵한 항구처럼 내 안에 서 있다. 시련과 아픔이 닥칠 때마다 나의 봄은 아직 오지 않았노라 되뇌었다. 언젠가 맞이할 생의 봄날을 위해 기꺼이 모든 것을 감내하며 살았다. 그러나 인생의 봄은 쉽게 오지 않았고 나는 다시 절망했다. 그 절망의 집 작은 창으로 파란만장한 벚꽃이 온 것이다. 그것은 은사님의 편지처럼 봄을 가지고 왔다. 아픔과 시련의 계절을 견뎌낸 우리는 서로 마주 보며 봄을 노래한다.

초목금수가 다 그렇듯, 먼저 난 목련은 먼저 지고 말았다. 여린 꽃봉오리를 끌어안은 채 혹한의 겨울을 났던 목련은 시련의 깊이만큼 누구보다 빨리 성숙했을 것이다. 비록 벚꽃처럼 동무가 많이 없어도 꿋꿋하게 제 소임을 다하고 떠났다. 목련은 지고지상한 품격을 가진 봄의 선두였다.

그들은 봄이었고, 나는 희망을 보았다. 내게 가장 먼저 봄을 알려준 목련과 그에 질세라 서둘러 피어난 벚꽃. 다시 만날 때까지 남은 긴 계절 동안 그리워 어쩔까. 부디 그들의 전쟁을 다시 볼 수 있길 바란다. 봄이 오는 창가에 앉아 흐뭇한 미소를 보내게 되길 소망한다.

너의 이름이 벚꽃이든 사쿠라든 너는 단지 봄일 뿐.

너의 이름이 목련이든 고부시든 너 역시 단지 봄일 뿐.

봄이 되면 전국 방방곡곡에 아름답고 찬란한 꽃들의
전쟁이 시작된다. 그 작은 녀석들이 온몸으로 봄을 알리
며 야앵夜櫻하는 이들을 취하게 한다. 천진난만한 녀석들
에게서 비참하고 아렸을 과거의 모습은 보이지 않는다.

시련의 계절은 반드시 지나간다. 모든 것은 삽시간에
잊히거나 그리워질 것이다. "역사적 내용이야 어찌 됐든
아름다운 걸 어찌하랴." 은사님의 글귀가 봄 동살에 벚꽃
처럼 반짝 흩어진다.

모든 것은

삽시간에 잊히거나 그리워질 것이다

우리에겐 아직 피워낼 꽃이 있고

미처 다 보지 못한 꽃들의 전쟁이 있다

노인의
서사

　　　　　　　　노인이 출몰했다. 구깃구깃
빛바랜 무명바지는 어느 망국의 국기같이 앙상한 노인의
다리를 욕보였다. 노동으로 이골이 났을 다부진 손등은
이대로 소멸할 수 없다는 듯 아등바등 손수레를 붙들었
다. 나라를 잃은 노인은 노인을 위한 나라를 건국하고 있
었다. 손수레 영토에는 빛바랜 폐지가 대답 없는 정부처
럼 차곡차곡 쌓여 있었다.

　부엉이 곳간 같은 손수레에 엉덩이를 걸친 노인의 이
마에는 아직 살아 있음을 알려주듯 노동의 열매가 송골
송골했다. 땀을 닦아낼 만한 무언가를 찾기 위해 두리번
거리던 노인이 대문에서 나오는 나를 쳐다보았다. 노인
은 내 손에 들린 빈 소주병을 바라보았다. 나는 혹시나 해

서 물었다.

"이거 필요하세요?"

노인의 무릎과 허리가 직립했다.

"그게 돈이 좀 되간디요?"

나는 노인이 기분 상하지 않도록 조심해서 대답했다.

"종이보다 낫지 않을까요? 빈 병 보증금이 백 원인데."

암석처럼 굳어 있던 노인의 입가에 지각변동이 일어난다. 여태 빈 병 값이 오른 것도 모르는 걸 보면 풋내기가 분명하다. 그러고 보니 손수레도 때깔 나는 새것이다. 대놓고 달라 소리는 하지 못하고 미적미적 걸어오는 노인의 멋쩍은 표정을 본다. 신참이 영업하기란 참으로 힘든 일이지. 눈치껏 손수레에 빈 병들을 실은 나는 꾸벅 인사를 하고 집으로 들어갔다. 빈 병을 가지런히 정리하는 소리가 들렸다.

그 뒤, 노인은 정기적으로 우리 집 앞 공터에 손수레를 주차했다. 그러곤 배출된 쓰레기들 사이에 드문드문 숨어 있는 빈 병을 찾았다. 보물이라도 찾은 듯 병을 손수레 구석에 야무지게 쌓아 올렸다. 삶의 비명이 가득한 소주병을 달래듯 집어 올리던 노인은 제 몸조차 주체하지 못하는 일그러진 페트병을 온 힘을 다해 짓밟았다. 노인의 몸처럼 구겨진 페트병은 폐지로 가득 찬 영토 안에 무참하게 던져졌다. 노인은 자신에게 이익이 되는 폐지와 빈 병만 수거하는 것이 아니었다. 마치 정당한 값을 치르듯 주위에 널브러진 쓰레기를 정리하기도 했다. 노인이 지나가고 나면 집 앞이 말끔해졌다.

돈이 될 만한 모든 일에는 경쟁자가 있는 법. 새벽 네시가 되면 건너에 사는 허리 굽은 누군가가 쓰레기를 뒤지곤 했다. 뒤적거리는 소리에 밖을 내다보면 기역자로 굽은 허리가 양손에 빈 병을 매달고 건넛집 안으로 들어갔다. 동네에서 유명한 욕쟁이 할머니가 분명하지 싶었다. 대낮에만 활동하는 노인과 달리 허리 굽은 할머니는 정확히 새벽 네 시가 되어야 활동을 시작했다. 내가 병을 내놓지 않고 모으기 시작한 것은 허리 굽은 할머니가 헤집고 돌아간 자리가 항상 지저분했기 때문이다.

빈 병이 제법 모이면 나는 노인을 기다리며 창문을 내다본다. 공터에 도착한 노인은 여느 때처럼 손수레를 주차한 뒤 폐지에 붙은 테이프 따위를 떼어낸 뒤 납작하게 만든다. 네 시에 허리 굽은 할머니가 다녀간 뒤라 빈 병은 소득이 없는 모양이다. 노인은 손수레에 걸터앉아 담배를 태운다. 노인의 시선이 우리 집 대문을 향해 있다. 나는 모아둔 빈 병을 들고 대문을 나선다. 노인이 서둘러 담배를 짓이기고 내 쪽으로 다가온다. 내 손에 든 빈 병을 받아든 노인은 고맙다는 인사치레는 하지 않는다. 그저 몇 발 마중하러 와 받아가는 것으로 고마움을 전한다. 그 담백함이 좋다.

노인의 서사가 궁금하다. 들은 바로는 대학을 졸업하고 건설회사 간부로 퇴직했다고 한다. 집과 자차를 보유한, 궁급하지 않은 형편이라고도 한다. 그런 노인의 손수레에는 어떤 사연이 있는 것일까. 현재 노인의 삶은 힘이 결여된 듯 보이나 지극히 서정적이다. 서정적 서사는 봄 햇살처럼 부드럽고 포근하다. 내면을 다듬고 대상을 포용하며 어루만진다. 노인의 손수레에 정이 가는 까닭인지도 모르겠다.

서사의 힘은 권력이다. 전개를 이끄는 힘이 있어야 권력을 부여받게 된다. 서두에서 말미까지 힘을 유지하기란 여간치 않은 일이다. 쓰는 자가 버거울수록 읽는 자는 일독할 맛이 생긴다. 시련과 패배, 역전과 희열, 클라이맥스로 치닫는 속도감. 그러나 결말이 인위적이면 실망하게 되는 법이다. 힘이란 강렬함에서만 나오는 것은 아닐

터, 노인에게서 단아한 힘이 느껴지는 것은 서정에 감춰
진 기운이 아닐까.

어느 날, 빈 병을 들고 대문을 나서다가 허리 굽은 할머
니와 마주쳤다. 노인이 내 쪽으로 걸어와 빈 병을 담은 봉
지를 마중하자 허리 굽은 할머니의 날카로운 일침이 조
용한 동네를 찢었다.

"똑같이 주워야지 이런 치사한 법이 어데 있노. 요사이
병이 준다 했더니만!"

나만큼 놀란 듯 봉지를 들고 미동이 없던 노인은 끝내
말이 없었다. 천천히 손수레 쪽으로 걸어가 봉지 속에 있
던 빈 병을 꺼낼 뿐이었다. 노인의 침묵에 화가 치솟은 할
머니가 노인의 뒤를 졸졸 따라가며 험한 말을 내뱉었다.
아래위도 없다느니, 상도덕도 없다느니, 젊은 사람 꼬드
겨서 가로챈다느니……. 한마을에 사는 처지에 조금 난
처해진 나머지 내가 해명을 하려 했다.

"할머니, 그게 아니라요."

그때 노인이 내 말을 막았다.

"괜찮으니 어여 들어가오."

노인은 묵묵히 손수레를 옮기기 시작했고, 노인이 끄

는 손수레가 시야를 벗어날 때까지 허리 굽은 할머니의 통바리는 끊이지 않았다.

허리 굽은 할머니의 장르는 스릴러나 공포다. 어떤 날은 밤새도록 욕을 하기도 하고, 어떤 날은 마당에서 병을 깨기도 한다. 지나가던 개를 발로 차는 것도 보았다. 마을 사람들에겐 기피 대상인 허리 굽은 할머니는 장르물에 독존하는 주인공이다. 주인공은 서사가 끝날 때까지 단연 돋보이며, 죽어도 죽지 않는다. 허리 굽은 할머니의 서사에서는 소심한 노인이 할머니를 빛나게 해줄 조연으로 보이지만, 노인의 서사에서는 다르다. 나약하고 심성 좋아 보이는 노인이 주인공인 서정적인 서사에서 허리 굽은 할머니는 악다구니 쓰며 착한 주인공을 돋보이게 하는 조연일 뿐이다. 각자의 서사에서 서로가 조연이 되고, 그들로 인해 주인공이 빛나는 것이다.

나는 멜로이고 싶다. 숱한 폭력과 불안에 무방비였던 시절의 나는 스릴러나 공포물 속에서 겁에 질려 있어야 했던 조연이었다. 운동을 좋아했던 어린 시절의 나는 액션 장르의 주인공 시절도 톡톡히 보냈다. 물론 이 나이까지 멜로를 전혀 겪지 않은 것은 아니다. 한때 세상이 한 남자로부터 파생된 듯한 뜨거운 착각 속에서 격정 멜로의 주인공도 해보았고, 비련의 여주인공이 되어 가련하게 우는 날도 많았다. 내가 지금 해보고 싶은 멜로는 따뜻한 휴먼 드라마 속의 애정극이다. 가령, 노인의 서사 속에서 노인이 끄는 손수레에 늙은 내가 앉아 있는 그런 모티프라면 좋겠다.

모든 사람은 자신의 서사에서 빠져나오면 조연이 된다. 더러는 엑스트라이기도 할 것이다. 지금 내 서사에서 노인과 할머니는 단역일 뿐이다. 그러나 나의 장르가 정해지지 않아 내가 그들의 서사에 끼어들어 있는 느낌이 든다. 주연이 되기 위해서는 나만의 장르를 만들고 나만의 서사를 이끌어야 한다. 나는 언제쯤 누가 보아도 알 만한 장르와 누가 읽어도 공감할 만한 서사를 만들어낼 수 있을까.

코맥 매카시의 소설 《노인을 위한 나라는 없다》는 늙고 나약한 노인이 극단적 사회에 노출되었을 때, 잔인하게 짓밟히고 마는 늙음의 비극을 이야기한다. 헤밍웨이의 《노인과 바다》에는 인간의 실존 자체가 비극이므로 늙어도 희망과 믿음은 존속할 수밖에 없다는 철학이 숨어 있다. 양로원을 탈출한 백 세 노인의 유쾌한 서사를 그린 요나스 요나손의 《창문 넘어 도망친 100세 노인》을 읽으면, 노년에도 감당할 만한 모험은 충분하다는 것을 느낄 수 있다.

모티프는 비슷하지만 서사와 장르는 다른 이야기들. 모든 늙음이 같을 수 없고, 모든 노인이 절망하지는 않으며, 노인들의 결말이 하나같이 죽음으로 끝나진 않는다. 그것이 늙도록 살아볼 만한 이유 아니겠는가.

언제부턴가 노인이 보이지 않는다. 우리 집 부엌에는 빈 병이 애처롭게 쌓여간다. 노인이 장르를 바꾼 것일까, 아니면 단지 배경만 바꾼 것일까. 어쩌면 노인의 서사가 끝났을지도 모른다. 언제 끝나도 이상하지 않을 백발노인의 서사. 나는 그 결말이 궁금하지 않다. 노인의 결말은 내 서사의 맥거핀으로 남겨두는 게 좋겠다. 완전한 앎이 때론 고통이거나 부담스러울 때가 있으므로.

노인이 건국하던 손수레 영토가 메마르지 않기를, 노인의 서사가 계속 진행 중이기를 조그맣게 기대해본다. 주인공은 언제 등장해도 무방하지 않던가!

슬 픈 기 억 은

이 사 가 지

않 는 다

처마 밑에 까치가 둥지를 틀
려 한다. 더부살이하는 내 집에서 저도 더부살이를 하려
는 모양이다. 미소한 부리로 부지런히 섶을 나르며 부산
을 떤다.

언젠가 책에서 읽은 기억이 있다. 까치는 저 작은 둥지
를 완성하기 위해 이천 개의 섶 따위를 물어 나른다는 글
귀를. 동물의 세계에도 포장 이사가 있다면 어떨까, 싱거
운 생각을 했었다. 아직 골격조차 갖추지 못한 엉성한 저
둥지에 까치는 이천 번의 수고를 해야 할 것이다. 그렇게
공들여서 집을 지어놓고도 언젠가 또 미련 없이 둥지를
떠나겠지. 삶은 소유물이 아니라 순간순간 있음이라 했던
가. 그날 밤, 묵혀두었던 법정 스님의 책을 다시 들었다.

다음 날 아침, 둥지를 올려다보고 탄성을 쏟았다. 내 보기엔 그럴듯한 집이 완성된 듯 보인 것이다. 그런데도 집주인은 무엇이 성에 안 차는지 요리조리 모양새를 바꿔놓기 바쁘다. 실내장식을 하는 걸까? 까치는 튼튼한 집을 짓기 위해 바람 부는 날만 집을 짓는다더니 어젯밤 빗방울이 떨어졌는데도 용케 집을 지었구나, 기특한 생각이 들었다.

그렇게 무방비 상태로 한참을 올려다보고 있는 참인데 갑자기 요놈이 공격 태세를 보인다. 날개를 세차게 푸닥거리며 내 머리 위를 빙빙 도는 것이다. 주객이 전도되어도 유분수지, 내 집에 더부살이하는 처지에 얻다 대고 위협을 한단 말인가.

화가 나서 빗자루를 들었다. 본때를 보여주고 갑을 관계에 대해 알려줄 참이었다. 그러나 그것도 잠시, 이내 측은한 마음이 들어 집 안으로 들어와버렸다. 며칠 뒤면 또 다른 더부살이로 이사를 해야 하는 나나 내 집에서 더부살이하는 너희나 구거작소鳩居鵲巢하는 용녀, 용남인 것을. 누가 갑이고 누가 을이란 말인가.

이사 가기 전날 밤, 짐을 정리하느라 베란다 문을 활짝 열어젖혔다. 그때, 사는 내내 한 번도 보지 못했던 터질 듯 부푼 달을 보았다. 내가 보지 못한 것뿐이지 그것은 때마다 저렇게 가득 차올라 야광을 뿜었을 것이다. 먹고살기가 웬만하지 못하다 보니 달이 내 집 서까래 밑에 달렸는데도 두 해를 못 보고 살았구나. 아쉬움과 씁쓸함이 한숨이 된다.

그렇게 침울한 낯빛으로 분주한 가운데 밖에서 까치가 소리를 내며 성가시게 군다. 크게 우는 것도 아니고 내시이 앓는 소리를 하듯 듬성드뭇한 소리를 낸다. 딸자식 이사한다고 마침 와 있던 엄마가 구시렁대며 예민하게 반응한다.

"저녁 까치는 근심 까치라 했는데……."

딸이 번번이 남의 집으로 이사 가는 꼴이 속 아파서 그러시는 것이다. 죄송한 마음에 그저 고개를 처박고 짐을 싸기만 했다. 엄마에게 딸의 이사가 애달듯 딸은 엄마의 이사를 눈물로 기억한다.

어린 날의 기억 속에 그날의 이사는 흐릿한 슬픔으로 남아 있다. 학교를 마치고 집으로 가던 길. 부엌에서 엄마 손에 보글보글 끓고 있을 된장찌개를 기대하며 뜀박질을 했다. 그러나 대문을 열고 들어섰을 때 마당에는 잡동사니가 난무했고 집 안은 텅 비어 있었다. 낌새가 영 좋지 못했다.

하릴없이 동네를 서성이며 엄마를 기다리는데 멀찌감치 엄마의 뒷모습이 눈에 들어왔다. 누구나 제 엄마의 뒷모습은 한눈에 알아보지 않던가. 반가운 마음에 냅다 뛰어갔지만 나는 차마 엄마를 부르지 못했다. 엄마는 손수레에 짐을 한가득 싣고 힘겹게 바퀴를 굴리고 있었다.

가만가만 살펴보니 어디서 많이 보아온 것들이다. 쓰지 않아 마당에 내놓았던 오래된 발재봉틀과 여름이면 내 전용 수영장이었던 고무대야, 동생이 만지지 못하게 마루 밑에 꼭꼭 숨겨두었던 인형들도 보였다. 손수레가 덜커덕거릴 때마다 엄마도 휘청거렸다.

나는 천천히 엄마를 따라갔다. 손수레 모퉁이에 가까스로 매달려 있던 까만 봉지 밑동이 터져서 구슬이 후드득 바닥으로 떨어졌다. 나는 그것을 하나씩 주웠다. 쓰잘머리 없는 것들을 모은다며 엄마에게 늘 천대받던 내 보물이었다. 한동안 구슬을 주우며 엄마를 따라 걷던 내 다리는 이내 멈춰 서버렸다. 속눈썹이 흥건하게 젖어서 떨어진 구슬이 보이지 않았기 때문이다. 눈썹 끝에 매달린 눈물방울 사이로 초라한 구슬들이 눈부시게 쨍, 빛이 났다.

세월의 짐을 끄느라 연신 흔들리는 엄마의 다리가 우리 집 기둥이었다는 것을 그때는 몰랐다. 엄마의 이사를 보지 않았더라면 좋았을 거란 생각을 하곤 했다. 슬픈 기억은 수십 년이 지나도 이사 가지 않는다. 나는 지금도 그날이 눈물겹지만, 엄마는 그런 일도 있었느냐며 웃어넘긴다.

"엄마 팔자 좋은 것만 빼닮으면 좋으련만."

그렇게 말하는 엄마 앞에서 이사할 때마다 나는 죄인이 된다.

이사하는 날은 늘 분주하다. 처음 이사할 때는 우왕좌왕 엉망이었지만 몇 번 해보고 나니 그도 요령이 생긴 모양이다. 딱히 용도는 없으나 버리지 못해 전전긍긍했던 세간들도 비교적 미련 없이 버릴 수 있는 경지에 왔으니 말이다. 살던 내내 이동이 없었던 큰 가구들이 하나씩 빠져나가면 괜스레 그 자리를 쓱 들여다보게 된다. 반드시 동전 한 닢 정도는 획득할 수 있을 것만 같다. 오늘의 수확은 귀걸이 한 짝이다. 단 하나밖에 없는, 진짜 금으로 만든 귀걸이. 이게 옷장 밑으로 숨어 들어갔을 때 얼마나 서러워했던가.

덩치 큰 세간들이 다 실려 나가고 나니 집 안이 참 널찍해 보인다. 이렇게 큰 집이었는데 그간 살면서는 왜 그리도 좁아 숨이 막혔는지 모를 일이다. 빈집에 액자만이 벽을 붙들고 매달려 있다. 사진 속 내가 오늘따라 왜 이리도 초라해 보일까. 이사한 첫날 정성스럽게 걸어놓았던 사진들은 사는 내내 외면당했다. 그러다가 또 이사하면 사진 속의 시간을 회상하며 유별나게 감상에 젖곤 한다.

과거의 내가 들어 있는 액자를 조심스럽게 떼어냈다. 액자가 걸렸던 자리의 벽지가 유난히 하얗다. 그 네모진 공간 속에서만 시간이 멈추고 나는 나이가 들었다. 더부살이가 창피하지 않을 만큼의 나이가.

이삿짐이 다 실린 뒤 빈집 주위를 한참 돌아보았다. 그러다가 문득 생각나서 처마 밑을 올려다보니 올망졸망한 새끼들이 연신 머리를 흔들어대고 있었다. 아! 어제 그 울음소리가 근심이 아니었구나!

나는 잰걸음으로 남의 집 텃밭으로 가 빨간 고추 하나를 따왔다. 고추 꼭지에 테이프를 붙여서 베란다 난간에 달아주었다. 좋은 사람들이 이사 와서 갑을 관계로 살지 않길 바라며 힘껏 손을 흔들었다. 어미가 웬일로 물끄러미 나를 내려다보았다.

자꾸만 돌아보며 못내 아쉬워하는 내 뒤로 엄마 목소리가 들린다.

"남의 집인데 뭐가 그리 아쉽냐!"

맞는 말씀이다. 그러나 등기부등본에 내 이름이 올라야만 내 집인가. 밥을 먹고 잠을 자고 울고 웃었던 곳이면 그곳이 지상천국, 내 집인 것을. 먼 미래에 가면 기억 저편에서 희미해져갈 짧은 시간일 테지만 내 인생의 단편이 서린 곳이다. 비록 까치처럼 때마다 이사하며 더부살이를 하고 있지만, 가는 곳마다 그곳은 내 삶의 작은 액자가 된다. 이사를 할 때마다 발걸음 속에 미련이 차는 이유다.

법정 스님은 "버리고 비우지 않고는 새것이 들어올 수 없다"라고 했다. 물건에 대해서도 사람에 대해서도 집착과 미련을 버리는 일은 쉽지 않다. 앞으로는 더 많이 버리고 비우면서 살아야겠다. 물질보다 의미 있는 것들을 채우며 살아야겠다. 사랑하는 사람들의 웃음소리를 벽에 걸고, 건강을 식탁에 놓으며 살아야겠다. 해가 뜨고 달이 차는 은혜를 기억하며 살아야겠다. 많은 다짐을 가슴에 품고 나는 또 다른 둥지로 날아간다.

엄마에게도
엄마가
있었고

　　　　　나는 외할머니를 기억하지 못
한다. 내가 어릴 적에 돌아가셔서 얼굴도 목소리도 기억
나지 않는다. 타향살이하던 부모님은 외갓집과 멀리 떨
어져 지냈으므로 자주 왕래할 수 없었을 것이다. 자식이
셋인 데다 먹고살기 힘든 칠팔십 년대였으니 그럴 만도
했다.
　애써 기억을 더듬어보니 외할머니의 흔적은 기이한 형
태로 남아 있다. 파리채, 요강, 개다리소반. 그 물건들에
외할머니의 기억이 설핏 각인되어 있다.
　문지방을 밟고 선 내 발등을 파리 잡듯 내려치던 파리
채. 스테인리스 요강에 든 오줌을 내다 버리며 요란하게
씻는 소리. 가운데 꽃문양이 있었던 은색 개다리소반과

고봉밥. 조각난 기억 속에 사람은 없으나 주체는 모두 외할머니였다. 기억이라는 것이 때론 사물에 각인되기도 하고, 소리나 냄새로 전이되어 나타나기도 하나 보다. 얼굴 없는 외할머니는 어린 내게 기피 대상이었다.

계집애가 복 나가게 툭하면 문지방을 밟는다고 파리채로 발등을 때리던 외할머니 앞에서 나는 굴복하지 않았다. 일부러 보란 듯이 문지방을 밟고 다녔다. 그런 나를 쫓아다니며 구박하던 늙은 그림자가 떠오른다. 제발 얌전해지라고, 엄마 고생시키지 말라고 이년 저년 하던 그림자의 목소리. 그 그림자는 내 엄마를 아픈 손가락으로 여겼던 애끓는 사람의 것이었다.

옥외 화장실이 흔했던 시절이었으므로 집집마다 요강 하나쯤은 갖추고 살던 때였다. 우리 집에 있던 것은 스테인리스로 만든 가벼운 요강이었다. 그것은 뚜껑까지 맞춤으로 달고 이부자리 아래서 함께 시절을 났다. 아침이면 부지런한 그림자가 요강 안에 든 오줌을 내다 버리고 바가지로 물을 퍼 요강을 씻었다. 요강은 헹굼 물을 게워 낼 때마다 스르륵, 까르륵, 통통, 시멘트 바닥에 부딪히며 요란한 소리를 냈다. 요강을 씻던 그림자는 내 엄마의 고생을 조금이라도 덜어주고 싶었던 속 깊은 사람의 것이었다.

광활한 논과 밭 가운데 있었던 외갓집은 정통 초가집이었다. 논길을 따라가다 보면 왼쪽에 사립문도 없는 집입구가 나왔다. 마당에 들어서면 왼쪽으로 외양간이, 오른쪽으로 본채가 있었는데, 본채라고 하기엔 몹시 남루한 흙집이었다. 좁은 대청마루 위에 나란히 창호지 바른문이 달린 방 두 칸, 그 옆으로 큰 가마솥이 차지하고 있는 재래식 부엌.

가마솥에 연기가 모락모락 오르면 외할머니의 개다리소반이 삐거덕 기지개를 켰다. 고봉밥과 된장국, 김장김치와 각종 장아찌, 생선, 그리고 갓 구운 돌김 등이 좁은상 위에 올랐다. 당신 딸 속만 썩인다고 내게 육두문자를쏘아대던 외할머니는 밥상머리에서만큼은 입 짧은 내게유독 신경을 썼다. 김장김치를 손으로 죽 찢어 내 밥그릇에 돌돌 말아 올려놓던 늙은 손. 무심하게 찢은 네모난 돌김 위에 쌀밥을 얹고 양념간장을 묻힌 생선살을 얹어 내입안에 사정없이 찔러넣던 투박한 손. 그 손은 당신 딸의아이들이 무탈하고 건강하게 자라길 바라는 간절한 사람의 것이었다.

배불리 밥을 먹으면 어린아이들은 할 일이 없었다. 놀

이도 동무도 없이 무료한 시골이었다. 그나마 유일한 친구가 되었던 건 외양간에서 멀뚱멀뚱 눈만 껌뻑대는 소였다. 지푸라기로 장난을 걸며 놀았던 기억 속의 소는 곧 사라지고 말았다. 어른들 일이었으니 알 수 없으나 없는 집 재산이었던 소는 보나 마나 돈으로 환생했을 것이다.

내게 남아 있는 외할머니에 대한 마지막 기억은 울음소리다.

학교를 마치고 집으로 와서 만화영화를 보는 사이 엄마는 전화 한 통을 받았다. 덤덤히 전화를 끊은 엄마는 내게 외할머니가 돌아가셨다고 말했다. 그때 나는 죽음이 불러오는 슬픔을 알지 못했었고, 외할머니와 정이 신통치 않았기에 크게 동요하지 않았다.

곧바로 장롱에서 작은 가방을 꺼낸 엄마는 몇 가지 옷을 챙겨 넣다가 우뚝 멈추었다. 장롱문을 열어놓고 엄마는 장롱 속에서 엉엉 울고 있었다. 나는 장롱문 때문에 엄마 얼굴은 보지 못했다. 그저 느닷없이 요란한 소나기가 내리듯 긴 울음소리만 들렸다. 그래서 외할머니에 대한 마지막 기억은 울음소리가 되어버렸다.

외할머니는 밭에서 일하다가 돌아가셨다. 평생 그렇게

나는 좀 울기로 했다 __ 79

살더니 결국 그렇게 가셨다. 뜨뜻한 아랫목도 아니고, 푹신한 이불 위도 아니고, 자식 손자 있는 지붕 아래도 아니고, 허허벌판에서 계획도 없이 가셨다. 그 뒤로 파리채도 나를 잡지 않았고, 개다리소반은 다시 보지 못했다. 우리 엄마는 그렇게 고아가 되었다. 엄마를 안쓰럽게 여기던 그림자는 영원히 사라졌다. 불문곡직하고 항상 자신의 편이었던 친정 엄마를 잃은 엄마는 남편의 폭언으로부터 도망갈 품을 잃었다. 고작 삼십 대였던 엄마는 삶이 얼마나 막막하고 두려웠을까.

기억이라는 것은 지극히 개인적인 영역이고, 그렇기에 상당히 자기중심적인 것이므로 떠오르는 모든 것이 명백하다고 주장할 수는 없다. 심지어 이렇게 파편적인 기억이라면 그것을 엮어내는 데 어폐가 있을 것이다. 그러한들 어떠하리. 왜곡된 기억이면 어떻고, 더러 소포小包하면 어떠하리. 그마저도 잊지 않고 있다는 것이 얼마나 감사한지, 주인 없는 기억이라도 남아주어 얼마나 다행인지 모르겠다. 엄마에게도 엄마가 있었고, 엄마를 일찍 보낸 내 엄마의 슬픔을 상기하면 조각난 기억이라도 그저 감사할 뿐이다.

장롱 안에서 울던 엄마를 위로해주지도, 함께 울어주지도 못한 후회가 주인 없는 기억 속에서 헤매게 한다. 나는 부모가 있는 대신 자식이 없지만, 엄마는 부모가 없는 대신 자식이 셋이다. 없는 것만 생각하며 산다면 울고 싶지 않은 인생이 어디 있을까. 자식이 없는 것이 얼마나 아쉬운 일인지는 가져보질 않아서 모르겠지만, 엄마가 살아 있는 게 얼마나 큰 축복인지는 잘 안다.

아, 엄마 없는 가여운 엄마를 하염없이 안아주고 싶다.

멸치 똥

따는 시간

　　　　　　아침부터 멸치 똥을 딴다. 오
륙 센티미터쯤 되는 다시용 멸치를 들고 배를 손톱으로
폭 가르면 민망한 속이 다 드러난다. 속이라 해봤자 대가
리부터 꼬리까지 이어진 가는 뼈와 검은 똥이 코딱지만
큼 붙어 있다. 멸치 똥을 따지 않고 그대로 육수를 내면
국물 맛이 개운치 않기 때문에 멸치 똥은 떼어버리는 게
상책이다. 똥이라고 생각하니까 그 작업이 썩 기분 좋지
만은 않다. 저도 생물이라고 똥을 싸긴 싸나 보다.

　사실 멸치 똥에는 오장육부가 다 있다. 그중 씁쓸한 맛
을 내는 것이 쓸개인데, 쓸개만 떼어낼 수도 없는 노릇이
라 사람들 마음대로 멸치의 내장 모두를 똥이라 부르며
한데 떼어내 버리는 것이다. 멸치가 무슨 죄를 지었기에

제 한 몸 던져 구수한 육수를 내어주는 것도 모자라 사체 분해가 되는 참변을 겪으며 두 번 죽어야 할까. 정치망 그물에 걸려 은빛 절규를 하다가 한낮 볕에 말라 죽고, 사체가 되어서도 참수형을 당한다. 종국에는 끓는 물속에 디엔에이까지 녹여내고 나서야 무無가 되는 처절한 생을 사는 것이다. 미물이라면 미물인 멸치만도 못한 생을 살고 있지는 않은가 싶어, 우습게도 멸치 똥을 따다가 문득 울컥해졌다.

아가미 쪽에 이쑤시개를 찔러 넣어 빼내면 더욱 손쉽게 멸치 똥을 제거할 수 있지만, 나는 사정없이 손톱으로 포를 뜬다. 엄마를 보고 자란 탓이지 싶다. 엄마는 쟁반 가득 멸치를 들고 부엌을 나와 드라마를 보면서 멸치 똥을 땄다. 멸치 가루가 흩날릴까 봐 텔레비전 앞까지도 못 가고 방문 주위에 비스듬히 엉덩이를 걸치고 자리를 잡았다. 화면은 보는 둥 마는 둥 라디오 듣듯 드라마를 보는 것이다. 드라마가 채 끝나기도 전에 멸치 똥을 다 떼내면 다시 부엌으로 돌아갔다. 드라마의 나머지 부분은 다음 날 재방송 때 콩나물 대가리를 따면서 마저 보곤 했다.

멸치도 다 같은 멸치가 아니다. 멸치의 세상에도 금수

저가 있다. 가장 오래된 전통이자 다소 원시적인 어로 방식이기도 한 남해 죽방렴 멸치를 최고로 친다. 조수 간만의 차가 크고 물살이 센 낮은 해협에 나무 기둥을 박아 멸치가 스스로 갇히게 하는 방식이다. 멸치의 품질이 좋고 맛 또한 좋아서 최상의 값으로 거래된다.

우리 집 앞바다에는 언제나 최상의 멸치가 기품을 뽐내며 죽어 있다. 남해로 이사 와서 처음으로 그 기품 있는 멸치 한 박스를 금수저값을 물고 데려왔다. 집으로 와 박스를 펼치자 멸치 냄새가 집 안 가득 퍼졌다. 엄마 생각이 났다. 쟁반에 멸치 두어 줌을 옮겨 담아 거실로 나왔다. 평소에는 잘 보지 않는 텔레비전을 틀어놓고 똥을 딸 준비를 마쳤다.

엄마는 이 순간 무슨 생각을 했을까. 손으로 멸치 똥을 따고 귀로 드라마를 듣고 눈으로 멸치와 텔레비전을 번갈아 보고 촉수는 가스레인지에 올려둔 냄비를 향해 있었을 엄마의 멸치 똥 따던 시간. 생각난 김에 가스레인지에 보리차를 올려놓고 다시 멸치 똥을 딴다. 모르는 드라마인데도 잠깐 훅 빠져들어 손에는 똥을 단 멸치만 부끄럽게 매달려 있다. 그 바람에 보리차가 넘쳐 가스레인지 불이 치-익 화를 내는 순간에야 부엌으로 득달같이 달려

갔다. 이 같은 실수가 단 한 번도 없었던 엄마의 비상한 감도에 존경심이 생기는 순간이다.

다 떼어낸 멸치 똥을 한데 모아보니 제법 양이 많다. 킁킁 냄새를 맡아보았다. 신었던 양말을 벗을 때마다 냄새를 맡던 아버지처럼 별다른 이유는 없고 본능이라면 본능이랄까. 그냥 멸치 냄새만 나는 것 같기도 하고, 기분 탓인지 얼핏 '이게 멸치 똥 냄새인가?' 싶기도 하다. 그냥 버릴까 하다가 화장실로 들어가 변기에 쏟아버렸다. 그것도 나름 똥이란 생각이 들어 예의를 갖추고 싶었다. 물을 내리자 멸치 똥이 하수구로 사라졌다.

손에 멸치 비늘이 묻었다. 아무리 씻어도 손에 밴 냄새가 가시지 않는다. 비리고 씁쓸한 냄새. 엄마의 손에는 얼마나 오랫동안 이 고약한 비린내가 배어 있었을까.

엄마처럼 손질한 멸치를 넣어 육수를 냈다. 육수만 남기고 불어터진 멸치를 뜰망으로 건져 싱크대에 던졌다. 이제 쓸모를 다한 멸치의 최후란 이런 것이다. 똥을 따느라 보낸 시간과 수고에 비하면 조금 허무한 순간이기도 하다.

된장찌개 냄새에 군침이 돈다. 엄마가 담근 된장으로

엄마가 했듯이 똑같이 끓여낸 된장찌개는 애석하게도 그 맛이 나지 않는다. 드라마 보는 것까지 똑같이 재연했건만, 눈물 나는 맛이면 어떡하나 지레 걱정까지 했건만. 아무리 좋은 멸치로 육수를 내도, 똑같은 된장을 써도, 세상에 된장찌개는 딱 두 종류가 있다는 걸 알았다. 엄마의 된장찌개와 엄마의 된장찌개가 아닌 것.

내친김에 엄마와 통화를 해볼 요량으로 전화기를 들었다. 라디오 청취자처럼 오늘의 사연을 조곤조곤 이야기하며 엄마의 명쾌한 진행을 기다렸다. 그럴 리는 없지만, 왠지 비웃는 듯한 엄마의 웃음소리가 들렸다.

"그러면, 사람이 다른데 맛이 같을까, 호호호."

엄마 집에 멸치 한 박스를 보내기로 하고 통화는 종료됐다. 죄다 바다에서 나도 멸치가 다르면 육수 맛이 다르고, 같은 재료를 써도 사람이 다르면 찌개 맛이 다른 것이다.

맥 빠진 된장찌개로 점심을 먹은 뒤 지갑을 들고 다시 집 앞 부두로 향했다. 똥 따는 작업을 하고 나와서 그런지 국어책에 수없이 찍힌 마침표 같은 작은 멸치 눈알이 나를 무섭게 쏘아보는 느낌이 들었다. 수많은 경멸의 시선을 피해 무사히 멸치 한 박스를 더 사서 돌아왔다.

엄마한테 멸치 박스를 부쳤다. 그것을 받으면 엄마의 감도는 다시 곤두서서 눈으로는 금수저 멸치 빛깔을 음미하며, 손으로는 멸치 한 줌을 쓸어볼 것이고, 비린내는 어떤지 킁킁 냄새도 맡아볼 것이다. 동시에 멸치 한 마리쯤은 그 자리에서 엄마의 입속으로 직행하리라. 저녁이면 엄마는 드라마를 켜놓고 느긋하게 멸치 똥을 딸 것이다.

자식들이 모두 독립했으니 엄마의 멸치 똥 따는 시간이 예전처럼 조급하진 않을 것이다. 텔레비전이 가장 잘 보이는 중앙에 자리를 잡고 앉아 가끔은 드라마 클라이맥스에 넋을 놓기도 하고, 허리가 쑤시면 그 자리에 잠깐 누웠다가 언제든 다시 시작해도 무방할 것이다. 느긋하게 멸치 똥을 따는 엄마의 오후가 노곤한 오후 햇살처럼 그려진다.

수많은 천적을 피해서 따뜻한 남쪽으로 하염없이 헤엄쳐 왔을 작은 멸치의 여독이 쌀 한 톨 남짓한 똥으로 박혀있는 건 아닌지. 그 살벌했을 여정이 떠올라 똥을 똥이라고 말하기가 참 미안해진다. 미안하지만, 그래도 나는 열심히 멸치 똥을 딸 것이다. 그것도 똥이라고 단 한 번도 딸한테 멸치 똥 따는 일을 부탁한 적이 없었던 엄마가 생각나서, 가끔은 그때의 엄마가 되어보고 싶다.

형체는 존재하되 모든 세포가 육수에 다 우러나 무가 되어버린 멸치를 보면 자식을 위해 다 쏟아내고 점점 본연을 잃어가는 엄마들의 삶을 닮았다. 존재함에 미물이 어디 있겠는가. 인간성 좋은 사람을 두고 '진국'이라 하듯이 멸치가 바로 그 '진국'인 것이다. 외관이나 속에 든 것보다는 존재 자체가 진국인 사람이 되고 싶다. 멸치 우린 육수를 열심히 먹은 사람은 진국이 되는, 그런 마법이 있다면 얼마나 좋을까.

뫼비우스의 띠,
그 어디쯤을 살아가는
우리는

"요즘 경기가 안 좋아서 십오
만 원밖에 못 드립니다."

한동안 대답을 못 할 만큼 충격이었다. 저도 나도 중고
로 만나 서로 애도 먹곤 했지만, 그 값은 너무하다 싶었
다. 물론 녀석을 데려올 때 치른 금액을 생각하면 그 값도
썩 나쁘지 않았다. 그러나 이윤을 따지는 게 아니었다. 이
별은 물리적인 것보다 심적 타격이 훨씬 크다. 마치 녀석
의 몸값에 우리의 추억이 포함된 것 같아 쓸쓸함이 오래
갔다.

마냥 걷기엔 힘에 겨운 게 시골길이었다. 오르막이나
내리막은 그나마 괜찮았다. 비 오는 날 농로나 비포장길
을 걸어야 할 때는 정말 곤혹이었다. 내 삶 전부를 스스

로 비난하는 사태까지 벌어지곤 했다. 틈틈이 들락거리던 중고자동차 카페에서 마침 경매 이벤트가 열리고 있었다. 그저 마우스 한 번 딱, 쳤는데 억, 하고 당첨되고 말았다. 그렇게 만났다. 삼백만 원에 거래되는 십 년 된 중형 세단을 단돈 팔십만 원을 주고 시골로 끌고 왔다.

더는 걷는 데 힘들이지 않아도 되었고, 삶을 억울해하지도 않게 되었다. 그것만으로도 제값은 다한 녀석이었다. 내 형편을 알았을까. 기름 대신 가스를 먹으니 유지비도 한 달에 삼만 원이면 족했다. 개털이 시트 곳곳에 박히고, 제아무리 짐을 많이 실어도 군소리 한 번 하지 않았다. 그런 녀석과 나는 두 번의 이사를 함께 했다.

어느 점심 무렵, 우체국으로 향하던 길이었다. 오르막을 올랐다가 다시 내리막을 내려가자마자 좌회전을 해야 했다. 늘 오가던 익숙한 길이었다. 내리막길에서부터 녀석이 말을 듣지 않았다. 브레이크는 딱딱하게 굳어 밟히지 않고, 핸들은 무쇠처럼 꿈쩍도 하지 않았다. 순간적인 판단을 해야 했다. 타인의 생명과 재산에 피해를 주지 않으려면 공터로 가야 한다는 생각이 들었다. 바로 근처에 있는 초등학교 분교가 생각났다. 마침 방학이기도 했다.

속도를 줄이지 못한 채 양손으로 핸들을 힘주어 꺾었다. 다행히 학교 쪽으로 방향을 틀 수 있었다.

아뿔싸. 학교 건너편 기사식당 앞에서 후진하는 승합차가 보였다. 고장 난 브레이크를 정신없이 밟으며 경적을 울렸지만 승합차는 계속 후진했다. 아무래도 부딪칠 것 같았다. 약간 경사진 도로에서 녀석에게 가속이 붙은 것이다. 삼십 미터 정도 남았을까. 나는 사이드 브레이크를 힘껏 들어 올렸다. 녀석이 비명을 지르며 급정거를 했다. 내려서 앞 범퍼를 살폈다. 승합차와 주먹 하나 들어갈 정도의 공간을 남긴 채 아슬아슬 맞닿아 있었다.

녀석은 종합검진을 받았다. 교환할 수 있는 부품은 다 갈고, 약으로 해결되는 건 약을 먹였다. 그래도 조마조마했다. 큰 사고로 이어질 수도 있었기에 걱정이 컸다. 아니나 다를까, 며칠 뒤에도 녀석은 멈추려고 하지 않았다. 왜 이렇게 숨도 안 쉬고 달리기만 하니. 타일러도 봤다. 내 형편 알잖아. 이사 갈 때까지만 견뎌주면 안 되겠니? 부탁도 해봤다. 너 자꾸 이러면 내다 팔아버린다! 으름장도 놓았다. 그러나 녀석은 그 뒤에도 여러 번 가슴을 놀라게 했다.

다시 이사하면서 녀석을 보낼 계획을 세웠다. 위험해

서 타인에게 되파는 건 무리였다. 폐차밖에 답이 없었다. 생명 같으면 안락사였다. 보내기 전부터 내내 마음이 좋지 않았다. 녀석과 함께한 시간이 떠올랐다. 돈이 없어 차는 엄두도 못 내고 있을 때 선물처럼 와준 녀석이었다. 비포장 시골길도 척척 달리던 녀석이었다. 가물에 콩 나듯 어쩌다 세차 한 번 해주면 해맑게 반짝 웃기만 하던 녀석이었다. 내가 아플 때도, 반려견이 아플 때도 잽싸게 병원에 데려다주었다. 그런 녀석이 언제부터 아팠을까. 고마운 존재의 가치는 어째서 이별이 닥쳤을 때 비로소 상기되는 것일까.

폐차업체에 전화한 뒤 녀석의 유품을 정리했다. 방향제, 껌, 휴대용 화장지, 오래된 선글라스…….

수납함을 여니 녀석의 등록증이 나왔다. 처음 데려온 이후로 한 번도 들춰보지 않은 것이다. 등록증에는 녀석의 나이를 비롯한 여러 가지 정보가 담겨 있었다. 녀석의 주인이 세 번 바뀐 건 처음 알게 된 사실이었다. 나는 녀석을 얼마나 알고 있었을까. 이제 이 등록증은 영원히 사라지겠지. 녀석과 함께한 추억도, 지금 이 서운함과 쓸쓸함도 모두 사라지겠지. 죽음은 반드시 이별을 동반하는 법이니까. 죽음은 그렇게 허망하니까.

녀석을 데려갈 사람이 왔다.

"되파는 건 무리겠죠?"

혹시나 하는 내 질문에 녀석을 살펴보던 그가 답했다.

"얘도 할 만큼 한 것 같은데요."

가슴이 저릿했다. 할 만큼 했다는 표현이 서글프기도 하고, 나를 돌아보게 되어 부끄럽기도 했다. 죽음을 맞을 준비를 할 때쯤 나도 저런 말을 들을 수 있을까. 이 사람은 할 만큼 했다는 말을 들을 만큼 나는 지금 열심히 사는 걸까. 녀석은 정말 할 만큼 했다. 그래서 그만 쉬고 싶었는지도 모른다.

견인장치가 소음을 내며 녀석을 들어 올렸다. 앞 범퍼가 들렸다. 이제 녀석은 혼자다. 혼자 가야 할 길이다. 누구나 마지막 길은 혼자 가야 한다. 견인차가 언덕 아래로 서서히 내려갔다. 녀석은 다 내려놓은 듯 힘없이 끌려갔다. 녀석이 사라질 때까지 나는 녀석을 배웅했다. 녀석이 간 길에서 향불 냄새가 나는 것 같았다.

녀석의 자리에 태어난 지 얼마 안 된 새 차가 왔다. 빤작빤작 윤이 났다. 천진난만한 숫티를 고스란히 안고 있었다. 젊은 패기로 급발진도 종종 했다. 그때마다 가버린 녀석이 떠올랐다. 고비늙은 사람의 기침 소리처럼 드르렁대기도 했지만 언제나 느긋하고 부드러웠던 녀석. 죽음과 탄생은 어쩔 수 없는 뫼비우스의 띠다. 그 사이 어디쯤 걸어가는 우리는 죽음을 애도하고 탄생을 축복하며 살아간다. 그마저도 점차 잊어가면서 잊은 게 무언지도 모른 채 살아간다.

십 년쯤 지나면 패기만만한 새 차도 녀석처럼 부드러워질 날이 올 것이다. 그때쯤 나는 자연스레 녀석을 잊었을 테고, 새 차에 익숙해졌겠지. 삶이란 그래서 견딜 수 있는 게 아닐까.

문자가 왔다.
'○○폐차장 입금 150,000원'
폐차확인서도 왔다. 사망진단서 같은 것이었다. 세상에 남은 녀석의 마지막 행보. 이제 세상에 녀석은 없다. 슬픈 눈으로 녀석의 마지막을 배웅하던 날보다 오히려 덤덤했다. 어떤 이별도 어떤 슬픔도 그렇게 무뎌진다. 잊지 않으려 애쓸 필요는 없지 싶다. 인간이 생산하고 소비하는 모든 감정은 영원하지 않으니까. 애쓴다고 멈추는 건 없으니까.

이별은 떠날 때의 시간이 아니라 떠난 뒤의 길어지는 시간을 가리키는 것이라 했던 어느 시인의 슬픈 일침을 기억한다. 이별의 슬픔은 남겨진 자의 몫이다. 존재할 때 품어주는 것만이 남겨질 자가 할 수 있는 최선이다. 이별의 시간이 고통스러운 건 보낼 수 있을 만큼 사랑하지 못했기 때문이 아닐까.

역설적이게도, 이별의 고통은 사랑의 깊이와 반비례할지 모른다. 곁에 있을 때 아끼고 사랑하는 것만이 이별 뒤에 따르는 슬픔을 감내하는 방법이다. 사람이든 무엇이든 이별은 슬픈 법이니까.

과일 같은 거

못 깎아도

그만

               사과가 운다. 과도가 내려치
자 빠개지는 단말마의 비명이 들리고 곧 진줏빛 눈물이
찔끔 흐른다. 사과는 이미 교수형을 당했으나 달랑 남은
머리마저 서서히 뜯기는 능지처참까지 당하는 꼴이다.
인간의 본성이란 얼마나 잔인한지 사과의 눈물에 체통
없이 침이 고인다. 목울대를 비틀며 본성을 삼킨다. 이윽
고 알몸이 된 사과가 풍기는 냄새가 슬프다. 냄새도 슬플
수가 있다.
  둥근 사과에 엄마의 눈코입이 보인다. 사과가 눈을 뜨
거나 말을 하기 전에 서둘러 과도를 휘두른다. 단아하고
끊어지지 않게 잘 깎은 껍질을 기대한 적 없다. 움푹 살점
이 베이고 툭툭 끊어지며 상당량의 과육을 도려내곤 한

다. 목표는 하나다. 빨리 깎는 것. 엄마의 목소리가 들리기 전에, 엄마와 눈이 마주치기 전에.

엄마는 사과를 깎고 있었다. 여성스러운 엄마는 유난히 과일을 잘 깎았다. 깎은 과일을 접시에 플레이팅하는 솜씨도 수준급이었다. 사과를 반달 모양으로 잘라 껍질을 반만 벗기고 사과의 등허리에 칼집을 넣어 껍질을 세우면 날개를 단 예쁜 사과가 되었다.

"엄마는 어찌 이리 과일을 잘 깎아?"

엄마는 날아갈 듯 날개를 펼친 예쁜 사과 하나를 붙잡아 내 입에 넣어주었다.

"과일 같은 거 못 깎아도 돼. 사람은 저 잘하는 걸로 먹고살게 돼 있거든."

다른 사과를 집어 든 엄마는 비밀 하나를 툭 꺼내 깎기 시작했다.

내가 아주 어릴 적 엄마는 전업주부였다. 그 당시 친구들의 엄마는 근처 공장에 다니거나 시장에서 장사를 했지만 내 엄마는 달랐다. 학교를 마치고 집에 가면 엄마는 늘 음식을 만들고 있었다. 이따금 청소하다가 나를 반겨주기도 했다. 흙먼지를 뒤집어쓰고 놀다가도 언제든 집에 가면 엄마는 그대로 있었다. 냉장고처럼, 텔레비전처럼. 그런데 내 기억이 모두 진실이 아니라는 것을 이날 알게 되었다.

엄마는 우리가 잠이 들면 밤마다 돈을 벌러 나갔다. 술집 주방에서 새벽까지 과일을 깎다가 우리가 깨기 전에 집으로 돌아왔다. 우렁각시처럼 집에 돌아와서는 잠도 자지 않고 아침을 준비했다. 사과를 깎던 손은 쌀을 씻고 밥을 했다. 내 도시락에는 엄마의 부족한 수면과 들통나지 않기 위해 갖은 눈치를 보았던 애타는 마음이 들어 있었다. 아침밥을 먹여 등 떠민 자식들이 모두 학교에 간 오전 시간에 눈을 붙이고 일어나면 다시 집안일을 하며 우리를 맞을 준비를 했다. 그리고 이슥한 밤이 오면 도둑 출근을 하는 반복된 삶을 살았다.

나는 그 사실을 왜 숨겼는지 묻지 않았다. 왜 남몰래 힘겨운 생활을 했는지 묻지 않았다. 이미 그 답을 알 만큼 커버렸기 때문이다. 학교에서 호구조사를 할 때면 나는 엄마의 직업란에 전업주부라고 자랑스럽게 썼다. 아빠가 돈을 잘 벌어 와서 엄마는 돈을 벌지 않아도 되는 아이, 엄마가 항상 보살펴줘서 행복한 아이, 그런 아이로 비치는 내 환경이 좋았다. 그런데 그 모든 게 자식의 자존심을 지키기 위한 엄마의 희생이었다. 아무도 없을 때 쪽잠을 자면서도 밤새 푹 잔 사람처럼 늘어지게 기지개를 켜던 슬픈 내 엄마.

사과를 볼 때마다 엄마가 떠오르기 시작한 것은 엄마의 비밀을 알고 나서부터였다. 사과뿐만 아니라 둥근 과일에는 모두 엄마의 눈코입이 달려 있다. 졸린 눈으로 콧구멍을 벌름거리며 하품하는 엄마가 보이고, 자신의 인생을 깎는 엄마가 보인다. 한동안 둥근 과일은 꼴도 보기 싫었다.

같은 겉넓이를 가진 입체도형 중 원형이 가장 크다고 한다. 말하자면, 과일이 둥근 이유는 과육과 과즙을 최대한 많이 담아내기 위해서다. 이것이 진화한 형태인지 본래의 모양인지 모르겠으나 번식에 유리하게 된 야무진 모양인 것만은 분명하다. 엄마의 자궁도 네모난 적은 없었을 테니 아마도 번식하는 모든 것은 태초부터 둥글지 않았을까 싶다. 그래서 동그란 것은 슬프다. 사랑하는 사람의 얼굴도 동그래서 슬프고, 미워하는 사람의 얼굴도 동그래서 슬프다.

둥근 것은 안으로 갈수록 기운이 응집된다. 그래서 과일이나 사람이나 제 안의 가장 깊은 곳에 씨를 품지 않던

가. 사람도 슬픔이 닥쳤을 때 코끝부터 찡해지는 것을 보면 둥근 것의 기운은 가운데에 있는 모양이다.

나는 자타공인 과일 못 깎는 여자가 되었다. 과일을 예쁘게 깎으려고 노력하지 않는다. 예전에는 무엇이든 예쁘게 하고 싶었다. 예쁜 것은 언제나 좋았고, 칭찬받는 것도 좋았기 때문이다. 그런데 이제 과일만큼은 예쁘게 깎으려고 노력하지 않는다. 과도를 들고 신중을 기하지도 않는다. 대신, 최대한 빨리 깎으려고 애쓴다. 과육이 움푹움푹 패도록 대충 깎는다.

"좀 얇게 깎아, 아깝잖아."

누군가의 입에서 그 말이 튀어나올 무렵이면 이미 다 깎은 뒤다. 과도를 내려놓은 나는 속으로 말한다.

'이까짓 게 아깝기는. 술집 주방에서 밤새 과일을 깎아야만 했던 내 엄마의 젊음에 비하면 무엇이!'

동그란 것은 슬프다
사랑하는 사람의 얼굴도
동그래서 슬프고
미워하는 사람의 얼굴도
동그래서 슬프다
그래서 슬픔은 잘도 굴러다닌다

소설을
팝니다

미숙한 채로 세상에 던져졌
던 이십 대, 함께 꿈을 도모하던 대학 동기와 허름한 포장
마차에서 취하려고 애쓰던 새벽녘이었다. 정부를 욕하고
세상을 혐오하며 타락한 문단의 현실을 안주 삼아 기나
긴 겨울밤을 달래고 있었다. 젊음을 온전히 꿈에 투자하
기에는 불안했고, 그 꿈이 문학이라면 더욱 참담한 현실
이었다.

한 여자가 찬바람을 몰고 포장마차 안으로 불쑥 들어
왔다. 작은 키에 커트 머리, 낡은 코트를 걸치고 둥근 안
경을 쓴 여자는 다소 촌스러웠으며 커다란 가방을 둘러
메고 있었다. 올이 나간 빨간 목도리를 정돈하며 망설임
없이 내 옆으로 다가온 여자가 내게 책 한 권을 내밀었다.

그것은 제본을 했다고 해도 믿을 만큼 소박한 흑백 무선
본 소설집이었다. 나는 책을 받아 들고 가만히 그 여자를
올려다보았다.

"소설을 팝니다."

여자는 대뜸 그렇게 말했다. 본인이 소설을 쓰는데 사
정이 있어서 책을 직접 만들었다고 했다. 출판 절차를 거
치지 않아서 판매가 불가하다고. 그리고 무슨 말인가 더
하려고 했던 것 같은데 내가 불쑥 얼마냐고 물었다. 여자
는 만 원이라고 말하며 해맑게 웃었다. 여자의 입에서 뜨
거운 입김이 새어 나왔다. 내가 책을 받아 들자 여자는 사
인을 해주겠다고 펜을 꺼냈다. 나는 친구에게도 한 권 선
물하겠다고 말하며 이만 원을 건넸다. 여자는 두 권에 사
인을 마치고서 내게 물었다.

"글 쓰는 분이시죠?"

나는 그저 멋쩍게 웃었던 것 같다. 당시엔 그 질문에 대
답할 만한 정체성이 없었고, 질문 자체가 내겐 벅찰 따름
이었다.

그날, 여자가 포장마차를 떠난 뒤 여자의 소박한 소설
책 표지를 바라보며 나는 서럽게 울었다. 자신의 책을 두
권이나 살 사람은 글쟁이밖에 없다는 듯, 그 사실은 꽤

명백하다는 듯, 여자가 했던 질문이 이명처럼 귓가를 맴돌았다.

여자의 사인은 태어나 처음 휘갈긴 듯한 날것의 문자였다. 멋을 내며 흘려 쓰지도, 인사말을 덧붙이지도 않고 담백하게 이름 석 자만 쓰여 있었다. 여자의 이름이, 여자의 글씨체가 자꾸만 슬펐다. 그간 외면해왔던 내 이름 석 자가 떠올랐고, 자필로 내 이름을 써본 적이 언제인가 생각하던 끝에 피 흘리며 스러진 꿈이 아른거렸다.

며칠 뒤, 나는 여자의 남루한 책을 정독했다. 전반적으로 신선하고 작품성도 있었다. 책의 첫 글인 작가의 말에서 여자의 상황을 짐작할 수 있었다. 여자는 어리고 가난하고 힘이 없고 빽도 없고 문창과도 아닌데 자존심은 있었던 것이다. 자신의 꿈과 자존심을 함께 지켜내기 위해서 여자가 택한 것이 그날의 행보였다. 서글펐다.

그러나 여자보다 더 서글펐던 건 그 여자가 부러웠던 못난 나였다. 나 역시 어리고 가난하고 힘이 없고 빽도 없고 문창과도 아니었는데 자존심으로 똘똘 뭉쳐 있었다. 그러나 여자의 자존심은 꿈을 자신만의 방법으로 승화시키도록 이끌었고, 내 자존심은 열등감과 피해의식으로 변질되었던 시기였다.

글을 쓰는 게 막연한 꿈이었던 이십 대, 꿈은 점점 구체화되었지만 숱한 상처와 시련에 발버둥 쳐야 했던 삼십 대. 변명 같지만 어느 나이든 꿈을 키우기엔 막막했다. 그러던 어느 날 술이 썼는지 내가 썼는지 모를 글이 당선되었다. 글을 보내놓고도 잊어버리고 현실에 찌들어 살던 나는 정신이 번쩍 들었다.

잠결에 받은 당선 소식은 다시 한 번 내 인생을 바꿔놓았다. 식탁이 아닌 책상에서 술 대신 커피를 마시며, 술잔이 아닌 연필을 들고 있게 된 것이다. 매일 만나던 저승사자가 선심 써서 좀 더 해보라고 툭 던져주고 간 것 같은, 선물 같은 꿈이 점점 현실이 되어갔다.

마흔이 넘어서도 그 시절의 여자가 부럽다. 같은 업종, 특히 예술 계열에서는 가난하더라도 실력 있고 자존심 있는 자들을 부러워하지 않을 수가 없다. 나는 가난하면서 실력도 없었고 자존심만 있었다. 가장 최악의 경우다. 차라리 자존심마저 없었다면 살 만했을지도 모르는데 쥐뿔도 없이 자존심만 두둑했다. 힘들게 쓴 작품으로 돈을 들여야 하는 등단 요구를 받았을 때 기꺼이 마다했고, 굽신대야 하는 추천도 거부했다. 그리하여 마흔이 넘은 나이에 남은 것 역시 갈기갈기 찢어진 자존심뿐이다.

후회하지 않는다. 그래, 중요한 것은 후회하지 않는다는 것이다. 어떤 자존심인데 후회를 하겠나. 그 덕분에 늦게라도 다시 시작할 수 있었는지 모른다. 자존심을 지키며 살아왔으므로 누구의 눈치도 볼 필요가 없고, 굽신대야 할 대상도 없다. 긴 세월 지켜온 보람으로 이제야 비로소 내 것들을 하나씩 세상에 내놓는다. 오직 나의 힘으로.

그러니까 나는 청춘을 사는 이들이 너무 쉽게 자존심을 버리지 않길 바란다. 훗날 다시 시작하고자 할 때 버렸던 자존심이 발목을 잡을지도 모르기 때문이다. 편법과 타협하지 말고, 그 시절의 실패를 호되게 겪어내는 편이 훨씬 낫다. 중년 이후의 떳떳한 삶을 위해서 젊은 시절의 달콤함은 유예해도 좋지 않을까 싶다.

가끔은 포장마차에서 책을 팔던 그 작가가 어떻게 사는지 궁금할 때가 있다. 아쉽게도 그녀의 뜨거운 책이 내 손에 없으므로 알아볼 도리가 없다. 어디로 사라졌을까. 이름이 무엇일까. 혹시 지금쯤 훌륭한 작가가 되어 있지 않을까. 아직도 그 열정을 가지고 있을까.

짐작건대 현재 사십 대를 살아가고 있을 그녀의 삶은 다른 색깔로 뜨겁게 빛나고 있을 것이다. 열정이라는 것은 숙주가 쉽게 사라지지 않기 때문이다. 그녀는 노년이 되어서도 열정적인 할머니로 살아갈 것이 분명하다. 그것마저 부러운 걸 보니 역시 인생은 나이와 상관없이 열정적인 삶이 최고인지도 모르겠다.

나는 지금껏 단 한 번도 내 꿈을 열정적으로 지원해주지 못했던 죄책감을 안고 있다. 그래서 죽더라도 문학에 목을 매 죽을 각오를 다진다. 꿈을 꾸기에 적당한 나이가 어디 있을까. 나도 이제 시작이다.

상실한 뒤에야
깨닫게
되는 것

      몇 달을 치통으로 고생했다. 평소 병원과는 친분이 없는 건강한 삶을 누려왔기에 치과는 더욱 꺼려지는 곳이다. 진통제를 달고 살았지만 시리던 이가 끝내 두통까지 몰고 왔다. 더는 몸의 건승을 믿을 수 없었다.

어쩔 수 없이 찾아간 치과에서 청천벽력 같은 진단을 내렸다. 괴사. 말문이 트인 이래 이토록 무서운 낱말은 들어본 적이 없었다. 이어 '방치'라는 단어가 꼬리를 물고 귓전을 스쳤다. 나의 오만함이 방치를 낳았고, 괴사에 이르게 했다는 말이었다. 결국, 수개월이 넘는 치료를 받아야 했다.

괴사한 치아에 구멍을 뚫었다. 요란하고 무서운 기계

소리가 들렸다. 임시방편으로 신경치료를 하고 다시 구멍을 메우기로 했다. 치료가 끝날 때까지는 구멍을 메운 보조제가 떨어질 수 있으니 음식물을 씹을 때 특별히 조심해야 한다는 주의를 들었다. 그나마 아프지 않으니 그깟 주의야 식은 죽 먹기라 생각했다. 그 또한 오만이었다.

죽이 짐짐해지면서 밥을 떠 넣기 시작했다. 식사가 웬만큼 무리 없게 되자 고기가 생각났다. 천천히 조심해서 씹으면 되겠지 싶다가도 식사 분위기에 따라 치료 중인 치아로 덜컥 음식을 씹기도 했다. 그러다가 문득 주의사항이 떠오르면 지레 겁을 먹고 식사를 중단하는 일이 예사였다. 아주 가끔 잊기도 했지만, 음식 섭취가 생활에 큰 물의를 일으키진 않았다.

문제는 시시때때로 깨어나는 의식이었다. 지금까지는 이를 달고 살았는지도 모를 정도로 의식하지 못했는데, 이제 음식을 먹지 않을 때도 입안에 이가 있다는 것이 상기되었다. 조금 예민해지면 가만히 맞물려 있는 윗니와 아랫니가 짐승의 것처럼 느껴져서 참을 수 없었다. 부러 입을 벌리고 있기도 했다. 이토록 딱딱하고 날카로운 것이 입안에 있었다는 사실을 자꾸 의식하는 내가 부담스러웠다.

그날이 몇 번째 치료였는지는 기억나지 않는다. 의자에 벌러덩 드러누워 제법 익숙하게 입을 벌렸다. 여느 때와 같은 치료가 끝나고 입안을 헹구기 위해 고개를 드는데 입이 다물어지지 않았다.

"어, 어, 어."

간호사가 다가와서 물었다.

"턱 빠지셨어요?"

간호사의 말을 들은 의사가 다가와서 침착하게 말했다.

"긴장하지 마세요. 넣어드릴게요."

여러 번 겪은 일인 듯 두 사람은 당황하지 않았다.

의사는 투명 장갑을 끼고 와서는 자신의 양쪽 엄지손가락을 내 양쪽 어금니 쪽으로 밀어 넣고 힘을 줬다. 몇 번의 시도 끝에 턱이 되돌아왔다. 아랫니와 윗니가 닿는 순간 그렇게 다행일 수 없었다. 그날부터 내 의식은 이뿐만 아니라 턱으로까지 확장되었다. 음식을 먹거나 말을 할 때마다 옴폭 파였다가 돌아오는 턱의 움직임이 머릿속에 읽혔다. 의식은 그렇게 무서운 것이었다.

양치를 할 때면 진귀한 보석을 세공하듯 치아 하나하나 정성 들여 빗었다. 내 입안에 이렇게 많은 치아가 박혀 있었다는 사실이 무서웠다. 턱을 의식하기 시작하면서

박장대소나 질펀한 하품 따위와는 멀어진 품위 있는 여자가 되어갔다. 음식을 씹을 때마다 함께 움직이는 치아와 턱관절. 산해진미를 음미하고 건강을 자만할 수 있었던 것이 모두 두 존재 때문이었다는 사실 또한 깨닫게 되었다.

존재가 당연시될 때 가치는 사라진다. 그렇다면 대상을 향한 의식은 그 존재의 가치를 증명하는 것일까. 플라톤이 한 말이 떠오른다. 끊임없는 자각은 이데아로 가는 길이라 했던 그의 말이 사실이라면 좋겠다.

그 뒤로 많은 것을 의식하게 되었다. 이렇게 글을 쓸 수 있는 열 손가락과 그리운 이의 얼굴을 볼 수 있는 두 눈. 많은 시련과 상실 속에서도 강경하게 버텨준 심장. 볼 순 없지만 내 안에서 움직이는 고마운 존재들을 떠올리게 되었다. 생각해보면 나란 생명체는 셀 수도 없는 많은 존재의 집합체이고, 그 존재들로 인해 살아왔고 또 살아갈 수 있는 것이다. 내가 안팎으로 건승하기 위해서는 돌봐야 할 존재가 그만큼 많다는 뜻이다.

감기쯤은 잘 먹고 푹 쉬면 그만이었고, 목이 아프면 목 캔디 하나로 달랬다. 발목을 접질리면 서리 낀 냉동고 속

의 오래된 얼음을 대동했고, 치질로 인해 항문에서 피가
나면 창피해서 더욱 숨겼다. 과음한 다음 날 숙취에 위가
쓰려도 하루 이틀 뒤면 아무렇지 않게 다시 술을 마시곤
했다.

무려 두 달 가까이 치통에 시달렸지만, 집에 상비된 진
통제 몇 알로 버렸다. 그렇게 억지로라도 병원에 들락거
리지 않고 사는 것을 스스로 대단하게 여겨온 것이다. 결
국, 나의 일부였던 소중한 치아 하나를 죽음에 이르게 하
고 말았다. 목석도 땀 날 때가 있다 했는데 나는 참으로
오만했다.

이제 마지막 치료만 남겨두고 있다. 괴사한 치아 대신
금속이 박힐 것이다. 본디 내 것이 아닌 차갑게 가공된 금
속이 내 안에 들어오면 아마도 의식은 더욱 깊어질지 모
른다. 거부할 수 없는 일이다. 비로소 내 몸의 존재를 의
식하게 된 대가라 여긴다. 내가 다시 나태해지고 오만방
자해질 때마다 금니가 반짝, 신호를 보내줄 거라 믿는다.

존재 하나를 죽이고서야 존재 전부를 의식하게 되니
몹시 부끄럽다. 그 존재들이 결국 모두 나였다는 사실에
또 한 번 죄책감이 든다. 어째서 우리는 잃어버리고 나서

야 소중함을 깨닫게 되는 것일까. 상실한 뒤에야 비로소 깨닫게 되는 것, 그것이 망각과 오만의 동물인 인간에게 가장 큰 형벌이 아닐까.

산 문 을
쓰 는 이 유

　　　　　　　　　　깊고 질겼던 나의 우울증은
중학교에 입학하면서 최초로 발병했다. 그 시절 청소년
우울증은 사춘기로 치부되어 많은 이들이 외면했고 무시
당하기 일쑤였다. 나는 그것이 칭찬의 부재에서 왔음을
알게 되었다.

　어릴 적부터 나는 잘하는 것이 꽤 많았던 아이였다. 뛰
어난 운동신경 덕분에 기계체조 선수로 키워졌고, 교내
백일장에서 상도 곧잘 받았다. 사교성도 좋아서 친구가
많았고, 모험심이 강해서 도전도 잘했다. 중학교 시절에
는 합창단 활동을 하며 솔로까지 맡아보았고, 고등학교
시절에는 미술 동아리에 들어 아주 원초적인 그림을 그
리기도 했다.

그런 내게 잘한다고, 자랑스럽다고 칭찬해준 사람이 없었다. 그게 그 많던 재능을 하나하나 잃어버리게 한 절망의 시작이었고, 잘하려고 노력할 필요가 없다는 회의를 갖게 했다. 말하자면 나는 칭찬에 목말라 자꾸 새로운 것에 도전했고, 도전한 분야에서 반드시 두각을 나타내고자 노력했지만 모두 허사였다. 각자 사연 있는 가족들은 칭찬에 인색했고, 샘 많은 또래는 칭찬하기 싫어했다.

노력할 일이 없어지자 삶이 지루해지기 시작했다. 어린 시절부터 이어진 권태는 내 영혼을 바짝바짝 마르게 했다. 삶보다 죽음을 생각하는 시간이 훨씬 많았고, 행복한 결말로 끝나는 전래동화를 혐오했으며, 사람보다 물질이 나를 더 행복하게 할지도 모른다는 생각을 했다. 중학생이 말이다.

고등학생이 되면서 나는 시가 좋았다. 지금은 산문을 쓰지만, 그 시절 내가 좋아한 건 시였다. 시를 이해했던 건 아니었다. 무슨 말인지도 모르는 시들이 대부분이었다. 그런 시의 은유가 좋았던 것 같다. 그것은 당시의 나처럼 글 속에 감춰진 아픔 같은 것이었다. 이해도 안 되는 시를 그저 읽기만 해도 눈물이 주룩 흐르곤 했다. 가슴이 아프고 멍해지는 그 느낌이 위로라고 느꼈는지도 모르겠다.

그렇게 시가 왔다. 문학이 우울한 여고생에게 말을 걸었다. 드러내는 게 최선이 아닐 수도 있다고, 누가 자발적으로 이해해주는 게 최고는 아니라고 말하는 것 같았다.

내 작은 재능들을 기뻐하고 칭찬해줄 만큼 그 시절 어른들의 삶은 그리 녹록지 않았었다. 사춘기를 호되게 겪고 있을 뿐이라고 이해했을 수도 있겠다. 서로가 드러내지 않는 한 누구도 타인을 완전히 이해할 수는 없으니까. 나 역시 왜 칭찬을 해주지 않느냐고, 왜 관심을 두지 않느냐고 따져 물은 적이 없었다. 짜증 내고 화내는 게 표현의 전부였던, 포효가 일상이던 내게 누가 선뜻 다가서서 다짜고짜 칭찬할 엄두를 낼 것인가.

가족이나 타인이나 모든 사람은 서로에게 시 같은 존재인지 모르겠다. 은유하고 숨기고 드러내길 꺼리는, 나에게는 참 어렵기만 한 시. 평론가 같은 사람들이 시를 발기발기 찢어서 배경과 인물과 주제를 밝혀놓으면 그것을 기준 삼아 해석하듯, 누군가 먼저 서로의 상처와 감정을 읽어주기만을 한 발 뒤에 서서 기다린 건 아닐까. 자기 인생에서조차 주체적이기 힘든 세상에 어찌 남의 감정까지 주체적으로 파악해주길 원할 것인가. 말하지 않으면 모르는 게 당연하고, 그렇게 지레 짐작된 내 마음과 내 삶에 대해 해명하려고 노력하지 않은 것 또한 큰 잘못이라 생각한다.

내가 처음으로 암기한 시는 윤동주의 〈서시〉였다. 교복 위에 밤이슬을 맞고 다니며 방황하던 그때, 허름한 주택가 골목길 외벽에 시를 옮겨 쓰기도 했었다. '부끄럼'이라든가 '괴로워했다' 또는 '죽어가는 것' 등을 쓸 때면 왠지 모르게 코끝이 찡해져서 쓰다 말기도 했던 기억이 있다. 나는 시를 좋아했던 게 아니라 시에 담긴 독특한 어휘가 좋았다. '날카로운 첫 키스'라든가, '별 하나에 쓸쓸함'이라든가, '나 보기가 역겨워'라든가…….

그런데 수업시간에 시를 공부하고 나면 좋았던 시들이 멀어져가곤 했는데, 은유가 밝혀지면서 더는 내가 처음 접한 감정이 느껴지지 않았기 때문이다. 사람 관계도 그럴지 모른다는 생각이 든다. 내가 그냥 심중을 밝혀버리면 더는 가십도 없을 테고, 그들이 잘못 판단한 것에 대해 이해받을 수 있을지 모른다. 더는 서로에게 섭섭한 일도, 서로 간의 오해도 없을 것이다.

그러니, 시같이는 살지 말아야겠다, 은유된 채로 살지

말아야겠다는 생각을 한다. 내가 내 감정을 제대로 해석하고 타인에게 정확하게 전달하는 연습을 해야겠다. 가끔은 당돌하다는 말도, 직설적이라는 말도, 어쩌면 이기적이라는 말까지도 들을지 모르겠다. 그렇지만 적어도 타인이 나란 사람 전부를 오해하게 만드는 건 피할 수 있지 않을까. 그래서 시를 좋아했던 내가 산문을 쓰게 되었는지 모르겠다.

나는 수필 같은 사람이 되련다. 에둘러 포장하지 않고 오해를 불러오는 은유도 하지 않고, 그저 진실 하나로 사람을 웃기고 울리는 수필 같은 사람이 되고 싶다. 중앙지 신춘문예에서 완전히 사라진 수필, 문학상에서 상금이 제일 적은 수필, 지하철 한 칸에 몇 명은 수필가라며 폄하되는 수필, 폄하되는 그 많은 사람이 사랑해 마지않는 수필, 무시당해도 꿋꿋이 버티는 수필, 그런 수필 같은 사람으로 살겠다.

내가 문학에 처음 발을 들인 건 소설이었다. 대학 시절부터 습작을 끼적였고, 최초로 칭찬을 받은 것도 소설이었다. 그러나 소설은 나를 관통하지 못했다. 내 인생을 정면으로 바라볼 용기를 주지는 못했다. 내가 없는 세상 속에서 내가 아닌 인물을 만들어갔다. 그것은 결국 회피의 일종이었다. 그러나 수필은 한마디로 정의하면 '나' 혹은 '사람' 그 자체로 다가와 아픈 내 가슴을 어루만져주었다.

결국, 숙주가 깊이 박혔던 내 우울증이 종지부를 찍을 수 있었던 것은 수필의 힘이었다. 수필을 쓰기 시작한 내가 스스로 불편한 질문들을 던지기 시작했다. 어설픈 초고로 대답을 시작한 그것은 때론 왜곡된 기억 속에서 양심을 찌르기도 했고, 때론 자기연민과 회한의 눈물을 흘리게도 했다. 그건 자발적 위로였다. 나 자신에게 위로받은 내가 비로소 타인의 잘못을 이해하고 용서하게 만들어주었다.

시를 사랑해서 시어마다 가슴이 베였던 나는 결국 시가 아닌 수필의 진실함으로 우울증을 씻어낼 수 있었다. 수필은 상처받은 나를 정면으로 바라보게 해주었다. 이보다 더 희망적인 문학이 어디 있을까. 문단에서 천대받는 외로운 아이, 수필이 함께 수필로 살자고 말한다. 그러니 나는 수필과 함께 수필 같은 사람으로 살겠다.

엄마 냄새,
그리움의
냄새

겨울 냄새가 좋다. 인간처럼 쉽사리 변질되거나 부패하지 않고, 비만한 돼지처럼 한자리에 머무르지도 않는다. 차가움이 주는 달콤한 인생의 기억을 언제까지 간직할 수 있을지 모르겠지만, 그 한 계절만이라도 낭만일 수 있어서 좋다. 겨울 냄새는 흑백의 무성영화처럼 기억을 재생하고, 재생된 기억이 추억으로 얼어붙을 수 있도록 마법을 부리기도 한다.

끈질긴 동장군의 새벽이 지나고 부절히 아침을 맞이한 겨울이었다. 간밤 기한에 떨어서인지 콧숨을 쉬지 못하고 입을 헤 벌린 채 출근을 하는 나에게 찬기가 입안으로 훅 디밀려 들어왔다. 세상 모든 냄새를 경각간에 얼려버리고 오롯이 차가움만 남은 겨울 가운데 서서 나는 마을을 순환하는 버스를 기다리고 있었다.

좀처럼 붐비지 않는 마을버스가 하필이면 그날따라 만원이었다. 안락한 출근길을 포기한 나는 열네 개의 좌석에 앉아 있는 고만고만한 할머니들을 둘러보았다. 스타일이나 유행에 구애받지 않는 짧은 파마머리부터 오일장에서 누구나 한 번쯤은 보았을 털신까지, 마치 자가 복제라도 한 것 같은 열네 명의 할머니들이 수런거리는 통에 나의 미간이 불끈 솟으며 얼핏 현기증이 났다. 정류장마다 몇 명의 그들이 내리고 몇 명의 그들이 탔다. 그때마다 '자동문'이란 이름표를 단 접이식 문이 방정맞게 열리며 찬 기운을 넣어주고 있었다.

십여 분을 달린 마을버스는 회차 지점에서 잠시 시동을 끄고 어디선가 바람을 타고 뛰어올 지각 손님을 기다려주었다. 틈틈이 공기를 순환해주던 자동문의 움직임이 끊기자 버스 안에 꿉꿉하고 불쾌한 냄새가 진동하기 시작했다. 오랫동안 옷장에 방치했을 때 나는 곰팡내와 일체가 된 섬유 냄새, 수십 년은 족히 안방을 벗어나지 못했을 장롱 냄새와 그 냄새를 없애려고 몇 년씩 묵혀두었을 나프탈렌 냄새가 뒤섞여 또다시 나의 미간에 힘이 들어갔다. 그 틈에 희미한 살 냄새가 남아 있었는데, 사람의 살 냄새가 그렇게 견디기 힘든 독성을 가졌는지 그때 처음 느꼈다.

그들과의 힘겨운 동행으로 인해 나의 하루는 엉망으로 시작되었다. 오전 내내 감기 증세는 더욱 심해졌다. 점심 무렵 엄마에게 전화를 걸어 아이처럼 투정을 부렸고, 덕분에 퇴근 후 엄마의 맛있는 음식을 입에 넣을 수 있었다.

나는 엄마 다리를 베고 누워 엄마의 아랫배에 얼굴을 파묻었다. 엄마 냄새가 났다. 살 것 같았다.

"엄마한테서는 왜 엄마 냄새가 나?"

내가 물었다.

"엄마한테서는 다 엄마 냄새가 나지."

엄마가 대답했다.

"엄마의 엄마 냄새도 이렇게 좋았어?"

웬일로 가만가만 내 머리를 쓸어내리던 엄마가 한숨을 쉬며 말했다.

"엄마 냄새는……, 그리움이지. 이제는 기억도 안 나는……."

엄마는 철없는 딸을 타이르듯 한마디 덧붙였다. 내가 버스 안에서 맡았던 불쾌했던 그들의 냄새도 누군가에게

는 그리움으로 기억되는 엄마 냄새일 거라고. 그러니 좀
봐주라고.

다음 날 다시 마을버스를 탔을 때, 나는 일부러 킁킁대
며 냄새를 맡았다. 사람은 어제보다 적었지만 역시 섬유
냄새와 꿉꿉한 나프탈렌 냄새가 진동했다. 그사이 또다
시 미세하게 번지는 살 냄새를 맡으며 나는 그들의 생김
새를 찬찬히 살펴보았다.

누군가에게는 그리움으로 기억될 그들의 냄새. 그 냄
새를 나는 코가 아니라 눈으로만 맡을 수 있었다. 그들을
'엄마'라는 이름으로 다시 보려고 해도 그 냄새는 익숙해
질 수 없을 것만 같이 낯설었다. 내 엄마의 냄새도 누군가
에게는 이렇게 거부감을 줄 수 있을까. 그 생각에 이르자
슬픔이라는 감정이 복받쳐 올랐다. 그 겨울, 누군가는 그
렇게 붙잡고 싶었을 그리움의 냄새를 나는 매일 맡고 있
었다.

냄새를 통해 과거를 기억해내는 것을 프루스트 현상이
라 한단다. 세상에서 가장 오래된 프루스트 현상이 '엄마
냄새'가 아닐까, 나는 생각한다. 태초부터 존재했을 엄마.
그리고 엄마 냄새. 오래된 냄새. 낡음과 옛것일 수밖에 없

을 그 냄새. 누군가에게는 기억해내고 싶을 그리움의 냄새. 나는 매일 낯선 이들의 '엄마 냄새'를 눈으로 맡으며 나의 엄마 냄새를 잊지 않으려고 애썼다. 언젠가는 나 역시 그리움으로 맡게 될 내 엄마의 냄새를 말이다.

여전히 겨울 냄새는 좋다. 겨울에는 본연의 냄새가 난다. 붕어빵 냄새, 군고구마 냄새, 김장 냄새같이 맛있는 냄새도 좋고, 눈이나 고드름같이 깨끗한 냄새도 좋다. 찹쌀떡과 메밀묵을 파는 낭만의 냄새와 신춘문예 열병을 앓게 하는 꿈의 냄새도 물론 좋다. 그러나 그보다 더 오래 좋은 것은 단연 엄마 냄새다.

갈수록 가물가물해지는 엄마 냄새를 내 생이 다하는 날까지 잊지 않을 수 있다면 좋겠다. 본능적으로 엄마 냄새에 안정을 느끼는 신생아처럼, 그 냄새를 맡으며 엄마의 젖을 입에 물고 싶다. 향수처럼 작은 병에 담아두고 힘들고 외로울 때 한 번씩 뿌릴 수 있으면 좋겠다. 그것만큼이 차갑고 고독한 삶을 녹여낼 뜨거운 냄새가 또 있을까.

어디선가

나를 잃고

헤매지 않기를

겁 없던 이십 대, 나는 가진 돈
도 없이 무작정 상경했다. 어느 성공한 소설가의 글귀를
읽고 난 뒤였다. 지방에서 무명이었던 작가는 서울로 근
거지를 옮기면서 유명해졌다. 작가는 성공하려면 큰물에
서 놀아야 한다고 말했다. 비단 작가뿐만 아니라 성공한
사람들은 대체로 그렇게 믿는 눈치였다. 나도 그들처럼
'성공'하고 싶어서 '큰물'로 갔다.

허름한 옥탑방을 일 년 계약하고 꿈에 부풀었다. 알아
봐둔 학원은 수강료가 생각보다 비쌌다. 나는 일단 돈을
벌기로 했다. 낮에 학원을 다니려면 밤에 돈을 벌어야 했
다. 카페 서빙 자리가 나와서 냉큼 전화를 걸었다. 사장은
친절했다. 서울이라 그런지 시급도 꽤 높았다. 지방에서

올라왔다고 하자 택시비도 챙겨준다고 했다. 잘만 하면 학원비도 벌고 돈도 모을 수 있을지 몰랐다. 나는 부푼 마음으로 면접 장소를 향해 지하철을 탔다.

까만 간판에는 전화번호도 없이 상호만 덩그러니 박혀 있었다. 나는 그저 품격 있는 카페일 거라 생각했다. 그러나 안으로 들어가자마자 아차 싶었다. 그곳에는 젊은 여자들이 몸매를 노골적으로 드러내는 옷을 입고 있었다. 덩치가 큰 사장은 겁에 질린 내게 하루만 해보고 결정하라고 했다. 나는 이런 데인 줄 몰랐다며 황급히 그곳을 빠져나왔다.

지하철역으로 걸어가는 내내 심장이 쿵쾅거렸다. 다리가 후들후들 떨리기도 했다. 그때, 순간적으로 엄습해오는 어떤 공포에 뒤돌아보니 면접 본 사장이 내게로 달려오고 있었다. 내 앞에 멈춰선 그는 다짜고짜 내 뺨을 때렸다. 이런 데가 어떤 데냐며 소리를 지르고 욕을 했다. 내가 넘어지자 지나가던 택시 한 대가 내 앞에 섰다. 나는 정신없이 택시 뒷문을 열고 기어올랐다. 그는 열린 택시 문을 붙든 채 내 몸에 사정없이 발길질을 했다.

"가진 건 몸뚱이밖에 없는 년이!"

그의 폭언과 폭행이 심해지자 보다 못한 기사가 뒷문이 열린 채로 출발했다.

무슨 일이 벌어진 건지 알 수 없었다. 그냥 아프고 무서웠다. 기사가 집이 어디냐고 물었지만 동네 이름이 떠오르지 않았다. 택시비도 없었다. 나는 가까운 지하철역에 세워달라고 했다. 울면서 가방을 휘젓고 있는 내게 기사는 택시비는 안 내도 된다고 했다. 나는 울면서 인사를 하고 내렸다. 내렸는데, 어떻게 해야 좋을지 몰랐다. 지하철 입구에서 낯선 남자들이 지나가기만 해도 소스라치게 놀랐다.

잠시 후 내가 내렸던 택시가 다시 내 앞에 섰다. 빵빵. 두 번의 경적이 울렸고 나는 말없이 택시에 올랐다. 동네에 있는 시장 이름을 말하자 기사는 집 근처까지 태워다주었다. 나는 옥탑방 계단을 오르며 본격적으로 울기 시작했다.

큰물은 개뿔. 뭐가 잘못된 것일까. 어째서 그들은 되고 나는 안 되나. 나는 왜 이런 일을 겪고 있나. 나는 왜 그들처럼 선택받지 못하는 걸까. 도대체 내가 잘못한 것이 무엇일까.

결국 옥탑방 계약기간 일 년을 채우지 못하고 돌아왔다. 그리고 남은 이십 대를 우울하게 보내다가 서른이 되던 해에 독립했다. 독립 그리고 귀촌. 시골 마을을 떠돌면서 글을 썼다. 그 과정에서 한동안 책을 끊기도 했다. 누군가의 삶을 흉내 낼까 봐 겁이 났기 때문이다. 나는 꿈을 이룬 사람들에게만 관심이 있었고, 그들을 동경했으며, 그들을 따라 하면 비슷한 결과가 올 줄 알았던 것이다. 어리석은 판단으로 어린 나이에 뼈아픈 상처를 얻었다. 그러나 상처 받는 걸로 끝나는 인생이 어디 있을까. 나는 그 상처를 수업료로 지불하고 '나만의 삶'을 사는 법을 터득할 수 있었다.

비슷한 꿈은 얼마든지 많다. 연예인, 선생님, 작가……. 그러나 사람마다 기량이 다르고 조건도 다 다르다. 저마다 달랐을 삶에서 같은 꿈을 이뤘다면 그 각각의 방법이 달랐을 텐데, 그땐 왜 몰랐을까. 어쩌자고 그렇게 생각이 짧았을까. 자책하면서 내게 맞는 길을 찾는 데 몰두하며 살았다.

그리고 얻은 답이 자연과 고독이었다. 우연히 얻은 텃밭을 갈다가 깨달았다. 흙을 만지면 마음이 편안해진다는 것을. 바닷가의 비릿한 냄새는 글을 쓰고 싶게 만들었고, 초록이 가득한 숲에 가면 막혔던 숨통이 트였다. 사람들 사이에 있을 때보다 혼자 있을 때 나는 훨씬 안정적이었다. 그래서 나는 바닷가에서도 살았고 산에서도 살았다. 자신의 방식을 찾았을 때 비로소 꿈은 그에 알맞은 형태로 다가오는 것임을 그땐 정말 몰랐었다.

결국, 나는 큰물 대신 자연을 선택했다. 성공이라는 단어에 욕심내지 않는다면, 이보다 좋을 수 없을 만큼 내게 딱 어울리는 삶이다. 편안하고 풍족한 생활은 못하지만 원하는 곳에서 맘껏 글을 쓸 수 있으니 마음만은 안분지족에 가까운 상태가 되었다. 텃밭을 일구느라 새까매진 손톱조차 사랑스럽고, 그렇게 변한 내가 기특하기만 하다.

지금은 나만의 방식으로 나만의 길을 걷고 있다. 그 길 끝에 답이 없더라도 나는 언제까지나 묵묵히 이 길을 걷고 싶다. 다시는 어디선가 나를 잃고 헤매는 일이 없었으면 좋겠다.

생명은
죽음의
다른 이름

        토요일 오후, 버스 정류장으로 향하던 길이었다. 팔차선 도로 건널목에 행인들이 몰려 있었다. 신호등이 파란불로 바뀌자 사람들은 무심하게 흩어졌다.

  다가가 살펴보니 강아지였다. 차에 치여서 옴짝달싹 못 하는 모양이었다. 피는 흘리지 않는데 혓바닥을 내밀고 숨을 가쁘게 쉬었다. 어찌 됐든 목숨이 붙어 있었다. 나는 조심조심 강아지를 들어 올렸다. 강아지는 의식이 희미해지는 동공으로 나를 올려다보았다. 강아지를 품에 안고 택시를 탔다.

  가까운 동물병원에 도착했지만 주말이라 문이 닫혀 있었다. 다른 동물병원으로 다시 달렸다. 역시 휴무일이었다. 다행히 입구에 응급진료 전화번호가 있었다. 나는 교통사고를 당해 목숨이 위급한 강아지가 있다고 말했다. 수의사는 상태가 어떠냐고 물었다. 피는 흘리지 않는데 헛바닥을 내밀고 숨을 가쁘게 쉰다고 말했다. 수의사는 눈을 뜨냐고 물었다. 눈은 뜨는데 힘이 없다고 말했다. 그는 상태가 괜찮은 듯하니 월요일에 오라고 말했다. 그 정도로 죽지 않는다며 태연히 말하는 그에게, 당신 같은 인간이 어째서 수의사로 먹고사느냐며 막말을 했다.

다시 택시를 탔다. 택시 안에서 강아지가 파르르 몸을 떨었다. 힘내. 강아지가 눈에 힘을 주어 나를 올려다보았다. 나는 강아지를 꼭 껴안았다. 옆 동네 동물병원은 마침 문이 열려 있었다. 나는 강아지를 내려놓으며 자초지종을 털어놓았다. 아주 잠깐이 지나고 수의사가 말했다.

"죽었습니다."

"네?"

"병원에 들어오기 전에 사망한 것 같습니다."

그럴 리가. 조금 전까지 살아 있는 걸 봤는데. 분명 눈을 마주쳤고, 숨소리를 들었고, 떨고 있는 작은 생명체를 온몸으로 품고 왔는데 이미 죽었다니. 가슴이 푹 꺼졌다.

"그럼 이제 어떡해야 하죠?"

도움을 청하는 내게 수의사가 말했다.

"주웠다면서요? 버리든지 묻어주든지 하세요."

죽은 강아지를 품고 병원을 나서는데 수의사와 간호사가 주고받는 말소리가 따라왔다.

"거참, 죽은 개가 들어오면 재수 없는데."

나는 끝내 엉엉 울고 말았다.

해가 져서 어둑했다. 어디로 가야 좋을지 막막했다. 건너편에 산길이 보였다. 길을 건너 산길을 올랐다. 커다란 나무 아래 적당한 공간이 보였다. 비탈지긴 했는데 햇살이 잘 들 것 같았다. 나뭇가지와 돌을 이용해서 땅을 팠다. 강아지가 작아 오래 파지 않아도 된다는 게 더욱 슬펐다. 적당히 땅을 판 뒤 강아지를 내려다보았다. 혓바닥을 쑥 내민 채 모로 누워 꿈쩍도 하지 않았다. 나는 강아지 몸에 묻은 흙을 털어주며 말했다. 미안해.

손수건으로 강아지 몸을 말아 구렁에 조심스레 넣었다. 그리고 이내 멈칫했다. 흙으로 덮어야 하는데 그걸 할 수가 없었다. 죽음을, 죽은 생명체를 대하는 법을 나는 알지 못했다. 처음 겪는 죽음과 그것을 보내주는 일은 혼자 감당하기엔 무섭고 힘겨웠다. 망설이던 나는 떨리는 손으로 흙을 움켜쥐었다. 손수건이 흙으로 가려질수록 눈물이 났다. 조금씩 구렁이 메워졌다. 약간 봉긋하게 갈무리한 뒤 돌과 나뭇가지 등으로 표식을 해두었다.

마무리하고 일어나려는데 현기증이 났다. 비탈길에서 조금 미끄러졌다. 내 품에 살아 있다가 내 품에서 죽은 생명이 자꾸 떠올라 아픈 줄도 몰랐다. 산길을 내려오는 내내 몇 번을 뒤돌아보았는지 모른다. 너무나 어두웠고, 너무도 쓸쓸했다.

차비가 모자라서 컴컴한 도로를 걷는 동안 추모나 애도 따위의 단어가 떠올랐다. 미리 배워볼 방법이 없는 그 막막한 단어가 가진 의미를 생각했다. 내 나이 겨우 스물하나였다.

집에 돌아와 보니 다리에 상처가 나 있었다. 날카로운 포크로 긁어낸 것 같았다. 그 상처가 나을 때까지 강아지가 떠올랐다. 불안하게 흔들리던 눈빛과 미세하게 떨고 있던 작은 생명의 몸부림이 잊히지 않았다. 생명을 차로 치고도 그냥 가버린 사람. 살아 있는 걸 보면서도 외면했던 사람. 일말의 사명감도 없었던 수의사. 그들 역시 쉽게 잊히지 않았다.

나는 생명을 대하는 법을 그때 배웠다. 애도하는 감정

도 그때 처음 느꼈다. 생명은 죽음의 다른 이름이라는 것
도, 그래서 귀하다는 것도 알게 되었다. 생명이라는 것은
인간과 짐승을 차별하거나 존비와 빈부에 귀천을 매길
수 있는 게 아니다. 숨을 갖고 난 모든 존재는 다만 그 자
체로 귀하며, 생명을 얻은 동시에 죽음을 짊어지고 있기
에 더욱 값진 게 아니던가.

지금 내 곁에는 일곱 살 된 반려견이 있다. 착하고 건강
하고 언제나 내 편인 가족, 영원히 함께할 생명이다. 그때
그 강아지와의 만남과 이별을 지금 내 반려견과의 인연
과 연관해 본다면 억지일까?

비록 죽음은 막지 못했으나 타고난 명줄은 어쩔 수 없
는 법. 다만 차가운 아스팔트가 아닌 사람의 품에서 가게
해주어 고맙다는, 볕 잘 드는 작은 무덤 고맙다는 강아지
의 보은이 아니었을까 그리 여긴다. 그런 생각을 하면 더
욱 생명을 경시하지 못하게 된다. 사람 눈에 미물이라 한
들 죽음이 반가울 리 있을까.

생명을 가득 머금은 봄의 초입에서 나는 사라지는 것
들과 죽은 것들에게 조의를 표한다. 올봄, 강아지 무덤가
에 벚꽃 향이 그득했으면 좋겠다.

못을

잘 박는 사람

나는 못을 잘 박는다.

쿵쿵. 못 주변에 시멘트 가루가 우수수 떨어진다. 손을
떼도 떨어지지 않을 만큼 못이 자리를 잡으면 더 깊이, 힘
을 다해 못을 박는다. 쿵쿵. 까만 못의 머리가 하얗게 짓
이겨지면서 못의 키가 반으로 줄어든다. 소중한 액자가
떨어지지 않도록 못이 튼튼하게 박혔는지 재차 확인해야
한다. 드디어 행복했던 순간을 못에다 걸었다. 흐뭇하다.
바닥에 떨어진 시멘트 가루를 물티슈로 닦아낸다. 감쪽
같다.

얼마 뒤 키 높은 책장을 들였는데 둘 곳이 마땅찮았다.
액자를 떼어내고 박았던 못을 뽑는 수밖에 도리가 없었

다. 새 책장을 들일 만한 최적의 장소였다. 다시 못을 뺀다. 박는 것도 잘했는데 뽑는 것은 식은 죽 먹기라 생각했다. 노루발이 없어도 괜찮다. 펜치로 못을 꽉 붙든다. 펜치 손잡이 끝부분이 벽을 밀며 지렛대 역할을 해준다. 아무리 힘을 줘도 못은 꿈쩍도 하지 않는다. 안간힘을 써본다. 못은 고집스럽게 제자리에 박혀 있다.

하는 수 없이 못을 더 박아버리기로 한다. 쿵쿵. 못을 박는다. 쿵쿵. 시멘트 가루가 다시 떨어진다. 쿵쿵. 비루한 집에 소리가 울린다. 쿵쿵. 못이 우는 소리다. 쿵쿵. 못의 머리를 망치로 비껴 쳐서 머리가 벽에 닿도록 한다. 보기엔 다소 흉물스러우나 책장으로 가리면 그만이다. 책장은 벽에 난 웬만한 흔적들을 가려줄 만큼 덩치가 크다. 반들반들한 새 책장을 벽 쪽으로 옮기자 애를 먹이던 못이 순식간에 감춰진다. 책장에 책들을 꽂는다. 못의 기억은 사라지고, 나는 만족스럽다.

몇 년 뒤 이사를 하게 되었다. 책장을 들어내자 잊고 있던 못이 드러났다. 그 자리 그 모습 그대로였다. 책장만 트럭에 실었다. 빈집에 흉물스러운 못만 덩그러니 박혀 있었다. 대수롭지 않게 집을 나섰고, 못 따위는 기억에서 사라졌다.

쿵쿵. 오래전에도 못을 박았다.

삶이 무언지 몰랐던 시절. 경솔했던 나는 지옥행 열차를 끊었다. 사라져버리면 모든 게 끝날 줄 알았던 철부지였다. 꿈도, 사랑도, 미래도, 견디는 법을 아무도 알려주지 않았다. 공부 열심히 해라, 뜨겁게 사랑해라, 꿈을 가져라. 잘난 어른들은 '하라'고만 가르쳤지, 실패와 시련을 견디는 법을 가르쳐주진 않았다. 나는 지옥행 열차에서 하루를 보냈다.

다시 이승으로 돌아왔을 때 침대 옆에 추레한 모습의 아버지가 보였다. 아버지는 말없이 내게 까만 봉지를 내밀고 나갔다. 봉지 속에는 간 해독에 좋다고 쓰인 약이 다섯 병 들어 있었다. 나는 그것을 차마 마시지 못한 채 가슴을 쥐었다. 쿵쿵. 못이 박혔다. 여기 누가 못을 박았을까요. 가슴이 뻥 뚫렸다. 못은 아버지가 아닌 내게 박혔던 것이다. 한번 박힌 못은 잘 뽑히지 않는다는 걸 그때는 몰랐었다.

한번 못 박힌 벽은 스스로 구멍을 메우지 못한다. 누구의 잘못이 더 클까. 누구의 죄책감이 더 클까. 못은 자신의 잘못이라 말한다. 융통성 없이 가만히 있어서 미안하다고 한다. 벽은 자신의 잘못이라 말한다. 더 단단하지 못해서 미안하다고 한다. 망치는 자신의 잘못이라 한다. 박고 부수는 것밖에 몰라 미안하다고 한다. 쿵쿵. 누구의 말이 정답일까.

벽은 세상이었고, 못은 아버지였으며, 망치는 자식이었다. 자식은 온 힘을 다해 세상을 부수고, 아버지는 온몸을 바쳐 자식의 세상이 망가지지 않도록 막는다. 그러나 역부족이다. 자식이 세상을 향해 망치질할 만큼 자랐을 때 아버지는 이미 녹슨 못이 되어 있었다. 아버지는 그 자리에 붙박여 자식을 바라보는 것 말고는 할 수 있는 게 없다. 녹슨 못 주위엔 녹물이 번져 있다.

나는 여전히 못을 잘 박는다. 아직도 때리고 부수고 싶은 것이 많은 철부지다. 달라진 것이 있다면, 지금은 못의 처지를 이해한다는 정도다. 그렇다고 전혀 못을 박지 않는 것은 아니다. 나는 여전히 망치를 쥐고 있다. 필요하면 언제든지 어느 벽에든 못을 박을 수 있다. 그래서 나는 부모가 되지 못했는지도 모른다.

까추

절기는 속일 수 없다 했는데 여름 다 지나 생뚱스럽게 비가 내린다. 밤잠을 설치게 만들던 매미 떼도 소소히 사라져버린 늦여름, 늦털매미만이 유배된 시인처럼 외로이 우는 그런 밤이다. 한낮에만 해도 볕이 좋아 마당에 이불을 죄다 부려놓았던 것을 깜빡하고 있다가 빗소리에 부리나케 방구들을 박차고 뛰쳐나갔다.

이제 막 내리기 시작한 빗방울이 소리 없이 이불 위로 몸을 뉘고 있었다. 모처럼 마음먹고 여름내 묵은 땀내를 지우려고 널어놓았더니 오늘따라 하늘이 심술궂은 만을 보 같다. 여짓거릴 새도 없이 이불을 마구잡이로 끌어내려 집 안으로 들고 들어왔다. 보송보송해야 할 이불이 눅

눅해진 것을 느끼고는 영 심사가 좋지 못하다.

집 안에 이불을 다시 널어야겠다 싶어 다시 마당 창고로 향한다. 창고 안에 둔 건조대를 가지러 가는 길이다. 어차피 젖은 몸인데 몇 발 되지 않는 창고까지 가는 것조차 성가시다. 건조대를 찾아 들고 창고를 나서는데 느닷없이 비가 와락 쏟아진다. 문을 열다 말고 다시 창고 안으로 몸을 피한 뒤 비가 머츰해질 때를 기다린다.

간간이 문을 열어 하늘의 동태를 살피는데 문을 살짝만 열어도 요란한 빗방울이 노략질하는 왜적들처럼 창고 안에 난입하며 집주인의 발길을 잡는다. 창고와 현관을 오가는 마당에 하늘의 기운을 한번 거슬러줄 무엇도 없기 때문일 것이다. 좀처럼 머츰해지지 않는 빗소리를 들으며 구시렁대다가 아무래도 공사를 해야 할 때가 온 것이라는 확신이 선다.

며칠 뒤, 장정 서넛이 뚝딱뚝딱 부산하게 땀을 흘렸다. 한 시간 만에 완성된 그것은 '까추'라 부르는 녀석이다. 지붕 위에 추녀를 덧대어 달아서 그 아래 공간을 사용하기 위한 것이 목적이다. 보통 전통한옥에서 주로 볼 수 있는, 선조들의 지혜가 단연 돋보이는 구조다. 까추 아래에서 가재도구들은 태양을 피해 빛바램의 고통에서 벗어날 수 있고, 천덕꾸러기 고양이들에게도 안식처가 되어주곤 할 것이다.

까추를 달고 난 뒤부터는 창고에 가는 일이 번거롭게 느껴지지 않는다. 오히려 까추 아래 서서 먼 산의 능선과 구름의 움직임을 관찰하는 여유가 생겼다. 까추 덕분에 뜨거운 햇볕 아래 인상 찌푸릴 일이 줄었다. 비가 와도 느긋하게 기다릴 수 있는 우산이 되어 마음의 여유를 넓힐 수 있게 되었다.

늘 필요에 따라서만 내다보던 마당 너머의 풍경을 까추를 달고 나서 처음으로 주시해본다. 끝이 보이지 않는 넉넉한 바다와 먼 산등성이가 하늘의 경계와 선을 그어 보이는 그사이에 지친 해가 퇴근하는 모습이 보인다. 느닷없이 눈물이 난다. 까추 같은 사람들이 떠올라서다. 그들은 자식들에게 항상 까추 같은 존재다. 까추는 늘 그들의 소중함을 크게 느끼지 못하고 사는 자식들을 각성하게 만든다. 지붕 위에 있어서, 너무 높은 곳에 있어서 그들이 만들어준 그늘에서 비바람을 피하고 있었다는 것을 나 역시 자주 잊곤 했다.

언젠가 예고 없던 비바람에 천둥까지 가세해 하늘이 몹시 짓궂게 굴던 날이었다. 나는 극단적인 상황에서 도망치던 중이었으므로 비 따위 신경 쓸 정신이 없었다. 온 몸이 젖었으나 옷차림을 추스를 정신 또한 없었다. 그때 버스 정류장이 보였다. 마치 까추만 떼어다가 조형물로 만든 것 같은, 최소한의 건축 요소들로 지어진 정류장이 고맙기 그지없었던 순간이다. 나는 그곳에 앉아 놀란 가슴을 달랬고, 한참을 울다가 천천히 진정할 수 있었다. 상처 받고 갈 곳을 잃은 사람들에게 까추란 그런 것이다. 보통 날에는 보통의 것으로 여겨지다가 힘들고 괴로운 날에는 눈물 나게 고마운 존재가 되는 것이다.

저마다 마음 한쪽에 까추를 달아보면 어떨까 생각해본다. 그저 상처 입은 사람들이 그 작은 공간에서 상처를 하나씩 걸러내고 갈 수 있기를, 그 과정에서 또 다른 까추를 만들어내는 기적을 이룰 수 있지 않을까 생각한다. 그것은 나 스스로 마음의 면적을 넓혀야 하는 일이다.

나는 까추 달린 사람이 되고 싶다. 내 안의 까추가 무럭무럭 자라서 상처 받고 괴로워하는 이들이 잠시 머물다 갈 수 있기를 바라본다. 설령 누군가에게 상처를 준 사람이라 할지라도 그들 역시 비틀리고 얼룩진 가여운 인생

일 뿐. 그들까지 쉬다 가게 할 깜냥의 넓은 까추를 만들고
싶다. 그것이 완성되면 입구에 팻말 하나 놓아야겠다.

괜찮으니 어서 들어와요.
내게 와서 맘껏 울어요.

산마을에서

2부

돌아보니
혼자 온 것은
아무것도 없었다

공동묘지를
산책하는
여자

어둠이 내렸다. 검은 능선이 하늘 가득 펼쳐지고, 날카로운 바람이 밤을 베며 산을 넘는다. 오소소 흔들리는 능수버들. 부리나케 점프하는 길고양이. 차 소리에 놀란 새끼 고라니가 겁에 질린 눈동자로 연신 고개를 두리번거리다가 왼쪽 숲으로 사라진다. 왼쪽을 본다. 무덤가다.

우리 집 앞엔 마을 공동묘지가 있다. 처음 이사 왔을 땐 께름칙했다. 옆을 지날 때면 괜스레 오싹해지기도 했다. 날이 저물거나 추적추적 비가 내리는 날이면 음산함은 극에 달했다. 왠지 고양이 소리가 더욱 괴괴하게 들리기도 하고, 드문드문 지나가는 사람을 보면 귀신인 양 경계하기도 했다. 몸이 아프거나 악몽을 꾼 날엔 애먼 공동묘지를 탓하며 살았다.

그러다 다섯 살쯤 되는 여자아이를 보았다. 아이는 무덤 사이사이를 더펄거리며 뛰어다녔다. 아비로 보이는 남자가 아이를 번쩍 들어 목말을 태웠다. 아이는 믿을 수 없이 예쁜 목소리로 까르르 웃음을 터트렸다. 공동묘지에서 웃는 아이와 목마라니. 상돌 위 음식을 정리하던 여인의 눈에 부녀의 모습이 미소로 피어났다. 그 순간 내가 가진 고정관념에 몸서리쳤다. 마땅한 구실도 없이 두려워하고 피했던 이유는 낯선 것이 으레 가진 선입견 때문이었다. 고착된 사고에 자괴감이 차올랐다. 아무렴, 산 사람이 무섭지 죽은 사람이 무서울까. 그날부터 공동묘지는 내게 평범한 산책길이 되었다.

무덤가를 둘러본다. 새로 생긴 무덤 하나가 눈에 띈다. 어느 집 식구가 유명을 달리했는지 무명 배냇저고리 같은 고운 흙을 덮고 있다. 도도록하게 솟은 모양이 막 몸을 푼 여인의 젖가슴 같다. 어떤 무덤에는 석재를 둘러 멋들어진 정원까지 만들어놓았고, 어떤 무덤은 까만 비석에 회색 글씨로 망자를 기리고 있다. 무덤 앞에 드문드문 꽂혀 있는 조화가 눈에 띈다. 그 화려함이 삭막한 공동묘지와 대조를 이룬다. 그에 비하면 볼품없는 무덤도 있다. 비석이나 조화는커녕 봉분마저 울퉁불퉁 제멋대로인 무덤이 한둘이 아니다. 해가 들지 않는 가장 구석진 자리. 인도에서 제일 먼 곳. 비탈지고 가파른 산등성에 위태롭게 놓여 있는 초라한 무덤에 눈이 간다.

공동묘지를 지날 때마다 망자들에게 인사를 건네기 시작했다. 특히 이름 석 자도 가져가지 못한 가난하고 외로웠을 이들에게 말을 건넨다. 주말 잘 보냈나요? 날씨가 좋네요. 그저 사람에게 하는 평범한 인사말이다. 어차피 인사란 되받아야 할 빚이 아니므로 그렇게 일방적으로 건네도 기분이 좋다.

묘지 앞에서 말을 건네기 시작한 뒤로 백구가 짖지 않는다. 공동묘지 초입에 사는 백구는 인기척만 나면 자지러지게 짖곤 했다. 내가 건네는 말이 망자들에게 잘 들리도록 배려하는 걸까. 어쩌면 내 인사가 백구에게도 작은 활력을 주었는지 모른다. 백구도 나도 외롭고 나약한, 완벽하지 못한 존재일 뿐이다. 짐승이든 사람이든 태생이 다르면 어떻고, 이승이든 저승이든 사는 곳이 다르면 또 어떠랴. 위로하고 위로받는 건 사람만이 가능한 일도, 산 자에게만 허락된 일도 아닐 터인데.

공동묘지 앞에 못 보던 낡은 승용차가 섰다. 운전석에서 내린 중년의 사내가 비석 없는 초라한 무덤으로 향했다. 가는 길이 비탈져 사내의 몸은 여러 번 휘청거렸다. 무덤 근처에 막걸리를 붓고 주저앉은 사내는 담배를 태웠다. 십 분도 채 되지 않아 사내의 차는 산 아래로 사라졌다. 그날은 명절도 아니었다. 제삿날이라기엔 막걸리 한 통은 약소해 보였다.

아니나 다를까, 그 뒤에도 사내를 종종 목격했다. 모월 모일 계획 없이 그저 찾는 것 같았다. 비탈진 곳에 놓인 허름한 무덤 앞에서 어깨를 늘어뜨린 사내의 뒷모습은 매우 연약해 보였다. 사내의 어깨에 나뭇잎 하나 떨어지면 그대로 풀썩 흙이 될 것만 같았다. 삶은 고해苦海라. 무엇이 그를 무덤가로 이끌었을까. 그의 깊은 한숨이 섞인 담배연기가 망자의 집 안에 흡수될 때쯤 사내는 자리를 털고 일어났다.

사내가 왔다 가면 공동묘지가 그전과 확연히 달라 보인다. 멋들어진 비석을 세워놓고 화려한 조화를 꽂아놓은 무덤 속 망자는 과연 외롭지 않을까. 저 조화에 나비 한번 앉았다 갔을까. 칙칙한 무덤가에 향기 한번 뿜어주었을까. 일 년 내내 지지 않는 꽃을 놓아둔 이유는 죽은 자를 위함일까, 산 자를 위함일까. 비석에 빼곡히 적힌 자손들의 이름만큼 그간 많은 방문이 있어 보이진 않는다. 봉분 위로 덥수룩이 웃자란 잡초가 민망한 듯 납작 엎드린다. 오고 가는 시간보다 마주하는 시간이 적은 명절에 어쩌다 한 번 찾은 자손들은 가지 말라 붙잡는 망자의 외침을 들어보기나 했을까.

석양이다. 무덤가에도 해가 뜨고 별이 빛난다. 망자들의 사연들만큼 많은 빛으로 산이 물든다. 이내 멍든 하늘이 슬픔을 쏟아놓는다. 바르르 몸을 떨며 하늘이 하는 말에 응답하는 이름 모를 나무들. 산 사람은 집으로 가야 할 때라며 산산한 바람이 등을 떠민다. 돌아서는데 백구와 눈이 마주친다. 적목赤目된 백구의 눈동자가 쓸쓸한 안녕을 말한다. 잘 자, 백구야. 백구가 몸을 웅크린다. 혼자 가는 길이 미안해서 뒤돌아본다. 어둠이 깔린 공동묘지 곳곳에 각양각색 조화만이 점점이 찬란하다. 마치 빨간 립스틱을 바른 미망인같이. 결코 경건하지도, 아름답지도 않게.

며칠 뒤, 산책에 나섰다가 공동묘지 입구에서 그만 발걸음을 멈추고 말았다. 백구의 집 부근이 노란빛으로 흔들리고 있었다. 아침 해가 길을 잃었을까. 가까이 가서 살펴보니 올망졸망 이제 막 봉오리를 터트린 수선화다. 눈부시게 노란 수선화는 무덤가에서 본 여자아이처럼 천진무구하게 웃고 있었다.

나비와 벌이 찾는 진짜 꽃, 진짜 생명이 젖살을 출렁이며 봄바람을 탄다. 그 자태에 마음이 울렁거린다. 수선화 향기를 맡으려고 코끝을 갖다 대니 백구가 컹컹 짧게 짖는다. 백구의 꼬리가 수선화와 같은 리듬으로 흔들린다. 공동묘지에 활기가 솟는다.

중년의 사내가 다시 찾아왔을 때 수선화가 그에게도 작은 위로가 되길 바란다. 가련한 짐승인 백구도, 한낱 인간인 나도 안다. 어쩌면 무덤 속 망자들도 아는지 모른다. 생명을 위로하는 건 화려한 색, 지지 않는 조화가 아닌 살아 움직이는 숨결이라는 것을. 너무도 왜소한 줄기에서 말간 얼굴을 내밀고 봄을 알리는 수선화. 그 작은 꽃송이가 가진 크나큰 힘을 믿는다.

나는 무덤가에서 꽃이 품은 무욕의 지기志氣를 보았다. 인간처럼 자리를 가리지 않는 계절의 순수함도 보았다. 무덤가에도 꽃은 피고, 봄은 오더라.

대나무 숲에서
울어요

산골 마을로 들어오기 전, 몇 년 동안 그 누구와도 소통하지 않고 지낸 세월이 있었다. 친구도 가족도 다 외면한 채 개나 고양이를 향해 혼잣말했고, 나무와 바람에 살을 부비며 긴 하루를 견뎠다. 사람이 주는 상처보다 차라리 고독이 낫다고 생각했다. 맞서 싸우거나 버틸 만한 기력이 소진되었을 무렵, 나는 두더지처럼 땅속으로 기어들고 싶었다. 산을 찾은 이유였다. 그러나 외롭고 긴 겨울밤도 사람에게 받은 상처만큼 버티기 힘든 것이었다.

삶은 내 몸이 지탱하기 어려울 만큼 무거웠고, 나는 가벼워지는 방법을 알지 못했다. 인위적으로 덜어낼 수 있는 가장 일 순위가 사람이었다. 내게 상처를 입힌 사람들부터 피를 나눈 가족들까지 모든 인연을 끊어버렸다. 사람을 덜어내고 나니 허전하리만큼 가슴이 뚫렸다. 그러나 휑한 가슴은 내 무게를 조금도 줄여주지 못한다는 것을 알아차리기까지 그리 오랜 시간이 필요치 않았다.

나는 간헐적 단식을 시작했다. 이틀을 굶고 죽을 먹다가, 또 이삼 일을 굶고 음식을 먹었다. 몸이 하루가 다르게 가벼워지고 있었다. 그러나 굶기를 반복하니 이명이 들리고 속이 쓰렸다. 기력도 의욕도 없어 잡념에 휘둘리기 예사였고, 오랜 세월 고치지 못했던 불면증이 극에 달해 꼴이 말이 아니었다. 나는 단식을 중단하고 밥을 먹었다. 얼굴에 생기가 돌기 시작하고 팔다리에 힘이 올랐다. 문제는 배가 불러도 잡념이 사라지지 않는다는 사실이었다.

잡념이 나를 짓누르고 있다는 사실을 간파하고 머릿속을 비우는 일에 몰입했다. 길게 산책을 하고 바른 자세로 명상을 했으며, 많은 것을 내려놓는 마음 수련을 해나갔다. 절에 가서 다리가 후들거릴 때까지 백팔배를 반복했다. 조금씩 천천히 머릿속이 가벼워졌다. 묵은 원망과 증오가 사라졌고, 진행 중이던 미움이 퇴색되면서 하나둘 연민으로 바뀌기 시작했다.

그렇게 제법 시간이 흘러, 나는 다시 사람과 악수하고

포용하며 때론 웃고 가끔 우는 예전의 내가 되어 있었다. 언젠가 우는 날이 웃는 날보다 많아지고, 포옹보다 등 돌리는 일이 많아질 때가 오면, 나는 다시 내 무게를 줄이기 위해 기나긴 고독과 인내의 시간을 가질지도 모른다. 그것이, 그 반복이 바로 인생이라는 것을 나는 마흔이 넘어 깨달았다. 그리하여 이제는 다시 그 어디쯤으로 돌아가더라도 조급해하거나 포기하지 않고 내 무게를 줄여갈 준비가 되었다.

　지근거리에 대나무 숲이 있다. 어쩌다 숲으로 들어가면 바람 없는 날에도 가만히 소리가 들렸다. 나뭇가지나 잎새가 흔들리는 흔한 소리가 아니었다. 우우-. 빈 소리였다. 가련하고 애달픈 내면의 흔들림이었다. 명색이 나무라는 이름으로 태어나 흔한 나이테 한 줄 없이 속이 텅 빈 대나무는 그렇게 하염없이 속으로 울고 있었다.

　부러질 마디는 가지고 있어도 절대 휘어지지 않는 대나무의 강단은 텅 빈 속에서 나오는 것일까. 저 살 만큼 영양분을 먹고 나면 다시 땅속에 박힌 줄기로 영양분을 되돌려주는 대나무는 비어 있는 속과는 달리 꽉 찬 심성을 지니고 있다. 가녀린 줄기마다 천상에 닿을 듯, 한 길로만

뻗을 수 있는 까닭이 곧 비움 속에 있는 것이지 싶다.

삶의 무게가 늘었다 싶으면 나는 대나무 숲에 가서 운다. 대나무 숲에서 울리는 소리를 들으면 내 안에 가득 찼던 울분이 눅쳐 삭아지고 욕심은 민들레 씨앗처럼 허공에 흩어진다. 그렇게 속을 비우고 나면 내 본연의 목소리를 들을 수 있다. 나도 한때는 착한 아이였다는 것을, 나도 때론 좋은 사람이었다는 것을 떠올리며 가벼워진 나를 꼭 안아줄 품이 생긴다. 그 품이 다시 살게 만들고 새로운 인연을 채워갈 힘을 준다.

아직도 엄벙덤벙 살아가는 나는 덕도 수행도 부족하여 비우고 채우는 일이 참 힘들다. 그러나 남은 세월 무던히 반복하다 보면 혼자서도 잘하는 날이 오지 않을까. 그때가 되면 굳이 내 손으로 사람을 덜어내지 않아도, 힘겹게 단식을 하지 않아도, 마음 수련이라는 명분을 붙이지 않고도 비우고 채우는 것이 자연스러운 일과가 되리라.

죽기 전에 비로소 텅 빈, 비어서 행복한 나를 만나고 싶다. 빈속을 울음으로 가득 채우는 대나무처럼 나는 숲에서 운다. 수행의 끝은 울음을 끝내야 오는 것이다.

인생에 뚫린
구멍 하나

카드와 대출이 연체되기 시작했다. 전화기가 쉴 새 없이 울리고 낯선 자들이 상환을 요구하며 아우성친다. 유일한 적금 통장을 꺼내 든다. 고작 백만 원이 든 통장에는 삼만 원, 더러는 오만 원도 찍혀 있다. 오만 원 넘게 넣어본 적이 없는 통장에 백만 원 가까운 액수가 찍혀 있다. 이마저도 얼마나 많은 욕구를 참아가며 모은 돈이던가.

은행으로 간다. 번호표를 뽑는다. 대기하면서 계속 통장을 들춰본다. 띵똥 소리에 수많은 사람이 창구를 오간다. 다들 부자 같다. 여기서 내 통장이 제일 보잘것없을 것이다. 내 차례가 되었다. 나는 느린 동작으로 통장을 올려놓고 해지하러 왔다는 말을 속삭인다. 왜 그렇게 속삭

이냐는 직원의 말에 부끄럽게 대답한다.

"금액이 너무 적어서요."

직원이 빙그레 웃으며 말한다.

"고객님이 모으신 돈인데 부끄러워하실 것 없어요. 더 적은 금액도 해지하는걸요."

직원의 말이 위로가 되지 않는다. 통장에 '해지'라는 단어로 구멍이 뚫렸다.

통장에 구멍을 뚫고도 돈이 한참 모자란다. 집에 돌아와 저금통의 배를 가른다. 구멍을 벌리니 동전들이 와르르 반짝이며 쏟아진다. 동전 더미에서 오백 원짜리만 골라낸다. 스무 개씩 쌓아 만 원짜리 탑을 만든다. 탑이 하나씩 늘어날 때마다 미간이 기대에 부풀어 오른다. 왼손에 오백 원짜리 동전 열아홉 개를 쥐고 하나를 찾아 헤맨다. 하나만, 하나만 더……. 아무리 뒤적여도 오백 원짜리는 없다. 팔만 구천오백 원.

백 원짜리를 쌓으면서 희망은 누그러진다. 이것은 열 개씩 쌓아도 천 원이다. 그래도 열심히 쌓는다. 칠만 오천삼백 원. 널브러진 오십 원짜리와 십 원짜리 동전을 바라보며 한숨을 짓는다. 이걸 세야 할까 말아야 할까. 작고 가벼워 쌓을 수도, 쌓아봐야 탑 하나당 천 원을 넘지 못할

이 쓸모없는 동그라미에 화가 난다. 아니, 눈물이 난다. 그 와중에 손은 그것들을 세고 있다.

만 원권으로 고작 열일곱 장, 오만 원권은 네 장도 안 되는 금액. 지갑에서 쉽게 빼내던 지폐가 얼마나 큰 무게를 안고 있었는지 새삼 깨닫는다. 그사이 또 독촉 전화다. 깨닫고 후회하는 것은 나중 일이다. 일단 은행에 가야 한다.

창구에 동전 뭉치를 올린다. 직원이 작게 한숨을 쉬며 묻는다.

"구분은 해 오셨죠?"

동전이 기계 위쪽 네모난 구멍 속으로 빨려 들어가면서 요란한 소리를 낸다. 주위의 시선이 집중된다. 부끄럽지 않아야 한다. 저 동전이야말로 진정한 화폐가 아니던가. 저 무게가 쌀의 무게이고, 저 소리가 서민들의 비명이다. 부끄러워할 이유도, 당당하지 못할 까닭도 없다. 잠시 후 교환한 지폐를 건네받는다. 지폐의 가벼움이 눈물 나게 서럽다. 이 가벼운 지폐로 나는 쌀을 살지 빚을 갚을지 고민이다.

문자가 온다. 독촉은 글로도 한다. 정신적 고통이 배고픔보다 힘들어서 지폐를 통장에 입금한다. 입금하자마자 출금 문자가 온다. 카드사보다 발 빨랐던 대출사에서 십

칠만 원을 가져갔다. 이제 내 손엔 무거운 동전도, 가벼운 지폐도 없다.

집에 와서 외출복을 갈아입는데 동전 하나가 바지 안쪽으로 굴러떨어진다. 주워 보니 오백 원짜리 동전이다. 덜컥 감당할 수 없는 눈물이 쏟아진다. 바지를 뒤집어 보니 왼쪽 주머니에 구멍이 났다. 가장 큰 동전이 빠져나갈 만큼 커다란 구멍이다. 처음부터 이렇게 크진 않았을 구멍. 방심하고 돌보지 않은 사이에 오십 원에서 오백 원만큼 커졌을 구멍. 그 사이로 내 인생에 난 구멍이 보인다.

아침에 일어나 보니 우편물이 빼꼼히 꽂혀 있다. 이젠 서면으로 닦달하려나. 무거운 마음으로 우편물을 확인해 보니 발신지가 세무서다. 뜯어서 보니 정부에서 지원하는 근로장려금을 지급했다는 통지서다. 계좌번호를 평소 쓰지 않는 통장으로 신청했더니 입금 문자를 못 받은 것이다.

떨리는 손으로 인터넷 뱅킹에 접속했다. 세상에! 그 돈이 고스란히 통장 안에 있었다. 반짝반짝 빛을 발하며 통장에 숨어 있었다. 아, 죽으라는 법은 없구나. 계좌이체를 했더니 여기저기서 신나게 출금을 해간다. 상환해주어 감사하다는 문자도 빼먹지 않는다.

바늘귀에 실을 꿴다. 날이 선 실이 바늘귀를 통과한다. 구멍 난 바지를 뒤집는다. 구멍이 구멍을 뚫고 지나간다. 신경을 곤두세워 촘촘하게 여러 번 구멍을 깁는다. 먼지 한 톨 까닭 없이 빠져나가지 않도록, 두 번 다시 구멍이 나지 않도록 단단하게 바느질을 한다.

저금통을 뒤집어 테이프를 바른다. 두 번 세 번 단단하게 바른다. 다시 뒤집으니 감쪽같다. 그래, 구멍은 구멍일 뿐이다. 사람도 결국 몸에 난 구멍 없이는 살 수 없는 존재가 아니던가. 구멍은 출구이기도 하지만 입구가 되기도 한다. 인생에 뚫린 작은 구멍 하나 때문에 목숨 걸 필요는 없다. 언젠가는 그 구멍이 숨통이 될지도 모를 일이니까.

인생에 구멍이 났다

웃음이 줄줄 새고

불행이 기어들어왔다

언젠가는 그 구멍으로

행복도 들어오겠지

구멍이란 그런 것이니까

나를 위한
고수레

달그락 들그락 쿵쿵.

부엌에서 이 소리를 들은 지 일주일쯤 되었을 때 예감
이 좋지 않았다. 새벽에만 들리는 그 소리는 싱크대 아래
쪽에서 새어 나왔다. 웬만한 사람들은 자는 시간이지만
내게는 주요 활동 시간이었다. 적요한 산골 마을의 새벽.
진공상태임을 느끼게 하는 텅 빈 부엌에서 냉장고 모터
소리만 윙윙댔는데 느닷없이 출현한 정체불명의 소음은
예민한 내게 보통 일이 아니었다.

처음 몇 번은 싱크대 하부장을 발로 툭툭 걷어찼더니
바로 소리가 사라졌다. 다시 돌아가 책상 앞에 앉으면 오
분도 채 지나지 않아 달그락 들그락 쿵쿵. 살아 있는 무엇
임이 틀림없었다. 그렇게 며칠이 흘렀다.

어느 한낮, 작정하고 문이란 문은 죄다 열어두었다. 소음은 둘째치고 정체가 궁금해서 견딜 수가 없었다. 온갖 곤충들과 짐승들이 사는 산마을이라 더욱 그랬다. 고무장갑을 끼고 심호흡을 했다. 혹시 모를 돌발 상황에 대비해 왼손에 몽둥이를 들고 오른손엔 에프킬라를 들었다. 잠시 마음의 준비를 한 후 하부장을 와락 열어젖혔다.

아무것도 보이지 않았다. 다른 문도 모조리 열었는데 어떤 것도 등장하지 않았다. 긴장했던 마음은 어디 가고 약간 김이 샜다. 비록 범인은 잡지 못했지만 범인의 흔적은 적나라했다. 참기름 뚜껑을 야무지게 갉아먹었고, 소금과 설탕은 뭐가 뭔지 모르게 엎질러져 있었다. 싱크대 상판을 갉아 나뭇가루가 엉망으로 떨어져 앉았다.

그 아래는 더 가관이었다. 하부장 지지대를 떼어냈더니 며칠 전 사라졌던 걸레가 반으로 뚝 뜯겨서 나뒹굴고, 분리수거를 해놓은 나무젓가락과 종이컵들이 옹기종기 모여 있었다. 그리고 정점을 찍은 건 하수구였다. 수도관을 다 갉아놓아 싱크대에 물을 트니 부엌 바닥으로 물이 모두 직수해버렸다.

수도관을 사러 갔을 때 철물점 사장은 들쥐라고 말했

다. 다른 이웃은 다람쥐가 그럴 때도 있다고 했다. 철물점 사장은 약을 놓지 않으면 수도관을 교체해봤자 헛일이라고 했다. 그러나 만약 다람쥐나 다른 멸종동물 같은 거라면 죽일 수도 없는 노릇이다. 죽이지 않고 나도 피해 보지 않는 방법을 찾아야 했다.

수도관을 다시 연결하면서 수도관 아랫부분을 시멘트로 발라버렸다. 그리고 올라오는 매음새에 속칭 공구리를 쳤다. 제아무리 튼튼한 이빨을 가진 놈이라도 시멘트를 갉으며 침입하진 못할 것이다. 과연 예상을 빗나가지 않았다. 그 뒤로 나는 피해를 본 일이 없다. 다만, 놈의 시도는 계속되었는데, '달그락 들그락 쿵쿵'이 아니라 '각각 각'이었다. 시멘트를 갉는가 보았다. 집념 하나는 대단한 녀석 아닌가.

부엌 바닥과 싱크대를 청소하고 식료품을 모두 새로 샀다. 그리고 무언가 요리를 하려고 싱크대 앞에 섰을 때, 나는 멈칫했다. 범인이 누군지는 모르겠지만 배가 고파 들어온 게 틀림없을 것이다. 근처 어딘가에서 때를 기다리고 있을지도 모른다. 맛있는 냄새를 풍기며 자극할 생각을 하니 몹시 미안해졌다. 그때부터였다.

요리하기 위해 음식 재료를 사 오면 내가 먹을 양만 덜어놓고 나머지는 뒷마당에 내놓기 시작했다. 산골에 지천으로 널린 푸성귀를 제외한 생선이나 고기, 햄 같은 것들이다. 고수레하듯 던져도 그만이지만 내 집 마당에서 먹고 갔으면 하는 바람이었다. 사람이 살아야 하니 집 안에서는 쫓아버렸으나 마당쯤은 내어줄 수 있지 않겠나. 어차피 나도 남의 집 얻어 사는 처지, 말하자면 떠돌이 신세인데, 배라도 든든한 것이 얼마나 행복한 일인지 잘 알지 않던가.

음식은 부지런히 사라졌다. 뒷마당 하수구 밑에 음식을 내어놓은 뒤로 범인의 침입 시도는 완전히 끊겼다. 물론 인과관계가 맞는 건지 확신할 수는 없다. 알 길도 없고 굳이 알아 무엇하나. 그저 내가 내놓은 음식, 다음 날이면 거짓말같이 사라지는 그 작은 식량 때문이지 않을까 믿고 말란다. 그 작은 선행에 좋은 사람이 된 것 같아 풍선처럼 마음이 부풀었다.

착하고 좋은 사람으로 사는 데 필요한 것은 동기부여가 아닐까. 나는 억지라도 착하게 살아야 하는 동기를 만든다. 좋은 사람으로 살지 못했던 과거의 숱한 기억들이 후회와 죄책감을 걸치고 군손님처럼 찾아들었기 때문이다. 사람뿐 아니라 자연과 짐승에게도 적당한 알심과 푼푼한 애정을 갖게 된 까닭이다.

"들어라, 범인아. 내 작은 배려가 나도 살고 너도 사는 길이었다. 인정해라."

음식을 내다놓으며 산 너머에다 대고 작게 소리쳤다. 공치사라도 하는 것 같아 민망해진 나머지 깔깔 웃음이 새어 나왔다. 각회진 나뭇가지가 흔들리며 까마귀 한 마리가 파드닥 하늘로 오른다. 대답이나 칭찬을 들으려고 한 말은 아니다. 누가 인정해주든 말든 그게 무슨 상관이겠는가. 나 자신에게 인정받을 수 있는 내가 되어야 자존감이 높아진다는 것을 수많은 눈물 속에서 깨닫지 않았던가. 가족, 친구, 동료, 또는 어떤 타인에게 인정받기 위해 노력하진 않을 것이다. 나는 나에게 인정받으며 나다운 삶을 살고자 한다.

도시에 살 적에 나는 누군가 먼저 날 사랑해주길 원했고, 타인의 관심과 인정에 목말라했다. 항상 주위 사람들의 눈치를 살폈고 입에 발린 말을 아무렇지 않게 하면서도 죄책감이 없었다. 불행이란 게 달리 싹을 틔우랴. 남의 눈을 의식하고 살았던 나 자신이 불행의 씨앗이었음을 인정해야 했다. 내 삶은 돌보지 않고 비굴하게 살았지만,

결국 성공보다 상처가 먼저 왔다.

세상에서 가장 까다롭고 냉정한 판단이 자신을 평하는 것이지 싶다. 그게 바로 되어야 비로소 남에게도 인정받을 수 있는 게 아닐까. 자존감의 결여는 훗날 자아의 파국을 초래한다는 깨달음을 안고 산동네로 들어왔다. 나는 인제야 내게 관심을 주려고 애쓰는 중이다. 뒷마당에 음식을 내어놓는 일은 결국 나를 위한 푸닥거리인 셈이다. 말하자면, 나에게 던지는 고수레인 것이다.

꽃이야
예쁘지

　　　　　　　　　　예쁜 봄날, 산책하다가 길가
에 핀 꽃을 보았다. 이름은 몰라도 아름답다는 건 첫눈에
알아보았다. 어머나! 큰 소리로 감탄하며 꽃에 다가섰다.
무릎을 구부려 냄새를 맡았다. 고운 냄새가 났다. 계속 코
를 킁킁대며 구부정하게 섰는데 어디선가 웃음소리가 들
렸다. 허리를 펴고 주위를 둘러보니 웃음소리는 대문 없
는 이웃집에서 들려왔다.

　마당의 기울어진 평상에 앉은 할머니가 대문 틈으로 나
를 쳐다보고 있었다. 우뚝 세운 지팡이에 상체를 의지한
할머니는 나와 눈이 마주쳐도 계속 소리 나게 웃기만 했
다. 멋쩍은 마음에 꾸벅 인사를 했더니 꽃이 예쁘냐고 묻
는다. 질문이 이상하다. 꽃이 예쁜 게 이상한 건지, 이 꽃

이 예쁘지 않은 건지, 질문의 의도를 알 수 없었다.

"그럼요, 너무 예쁜걸요. 냄새도 정말 고와요!"

그러니 할머니가 더 크게 웃는다. 더 주름질 곳 없는 눈가가 하회탈처럼 쭈글쭈글해졌다.

"할머니는 이 꽃이 안 예쁜가요?"

내가 물었더니 할머니는 이렇게 대답했다.

"꽃이야 예쁘지."

꽃이야 예쁘지? 이건 또 무슨 의미인가.

지팡이를 붙잡은 손에 힘을 주고 끙차, 하며 일어선 할머니가 집 밖으로 나온다. 지팡이가 할머니의 무게를 책임지느라 부들부들 위태롭다. 집 앞 담벼락에 멈춰서 허리를 한 번 쭉 펼치던 할머니는 여전히 나를 쳐다보고 웃는다.

"할머니 왜 자꾸 웃으세요!"

도저히 못 참아서 내가 물었다.

"꽃이 예쁘다고 좋아하는 사람을 오랜만에 봐서."

예상치 못한 대답에 말문이 막혀버렸다. 어떤 말을 해야 좋을지 고민되었다. 그 말이 무슨 뜻인지 어렴풋이 알 것 같아서, 아무것도 아닌 내 행동에 한참을 웃던 할머니 얼굴이 다시 떠올라, 내 마음이 몹시 착잡해졌다. 그 때문에 나는 멍청한 질문을 하고 말았다.

"할머니가 되면 꽃이 예쁜 게 안 좋아요?"

할머니가 대답했다.

"할마시 눈에도 꽃이야 예쁘지. 예쁜 거 보면 좋기야 하지. 근데 꽃 보고 예쁘다고 오두방정 떠는 사람 보는 게 더 좋네."

본인이 말하고 본인이 웃긴지 말이 끝나기 무섭게 할머니가 또 소리 내어 웃는다. 웃고 있는 할머니가 조금 슬퍼 보여서 잠시 고민하다가 꽃 가까이 다가섰다.

"아이, 예쁘다! 뭘 먹어서 이렇게 예쁘지? 냄새 죽인다!"

나는 할머니의 말처럼 오두방정을 떨었다. 곧이어 산골을 다 찢을 듯한 웃음소리와 칼칼한 가래 끓는 소리가 마을을 휘돌았다. 웃느라 흔들리는 할머니의 몸을 지팡이가 간신히 붙들어주었다.

"야야, 고만하고 어여 내려가봐라. 밑에 가면 다른 꽃도 많다."

할머니 말대로 마을 아래로 내려갈수록 만개한 꽃이 많이 보였다. 산마을에 봄이 오면 천지에 꽃이 피는데 할머니는 왜 쓸쓸해 보였을까.

산책을 다녀와서 나는 상념에 빠졌다. 꽃보다 꽃을 예

뻐하는 사람이 더 좋다던 할머니 말이 계속 맴돌았다. 머리로는 이해가 가는데 그 마음이 어떤 건지 느낄 수는 없었다. 인적 드문 산골 마을에서 꽃향기를 맡는 젊은 여자와 그 광경을 흐뭇하게 바라보던 할머니. 이제 막 피어난 아름다운 꽃들과 앞으로 지는 일만 남은 젊은 여자. 그리고 이미 지고 쭉정이만 남은 할머니. 여자는 꽃을 좋아하고 할머니는 여자를 좋아하니, 결국 꽃은 할머니를 좋아하는 걸까.

꽃이야 예쁘지…….

꽃을 강조하며 제한된 긍정을 나타내는 말. 숨은 비관을 간직한 말. 이 말이 계속 기억에 남는 건 너무 아름다운 단어로 만들어진 슬픈 문장이기 때문이다. 고운 단어 사이에 불청객처럼 끼어든 '~이야'라는 보조사가 보조사 주제에 문장을 슬프게 만들어버렸다. 나는 분명 '꽃이 예쁘다'라고 했는데 할머니는 '꽃이야 예쁘지'라고 했다. 그 소소한 조사 하나가 두 여자의 삶을 짐작하게 만든다.

나도 그 나이가 되어보아야 알 테지만 할머니가 되어도 꽃이 예쁘다고 감탄할 수 있다면 좋겠다. 쉽게 예뻐하고, 아름다운 것에 쉽게 물들면 좋겠다. 그런 노년이었으면 좋겠다.

당신에겐
사람이 있잖아요

간밤에 바람이 몹시도 불었다. 가벼운 존재들은 하나같이 허공에 흩날렸다. 아침에 마당을 보니 한숨이 났다. 군데군데 소도록하게 쌓인 이파리들과 꽃잎들. 추풍낙엽이라 했거늘, 어떤 계절에도 떨어질 것들은 떨어지고 마는가 보다. 빗자루를 들고 마당을 휘휘 쓸다가 문득 이 많은 잎과 꽃을 잃은 나무를 올려다보았다. 미미해진 바람에도 여전히 흔들리고 있는 나무를 보니 자연을 보는 인위적인 시선이 문득 부끄러워졌다.

간밤에 얼마나 힘들었을까. 제 살 떨어져 나가는 걸 눈으로 보면서도 남은 것들을 위해서 뿌리는 꼼짝도 하지 못했을 텐데 아무것도 하지 못하는 심정이 오죽했을까.

밤새 사르르 흔들리던 잎사귀 소리는 청량한 노랫소리가 아니었다. 나뭇가지를 꼭 붙잡고 지르던, 살려달라고 울부짖던 비명이었다. 어째서 바람에 흔들리는 나무들이 평온하다고 여겨왔을까.

아직 채 물이 오르지 못한 나뭇가지는 끝까지 붙잡아주지 못한 낙화들을 바라보며 뜨거운 눈물을 흘리고 있을지도 모른다. 그 눈물의 짠기가 둥치에 들러붙어 햇살에 피부가 찢어지는 고통까지 인내하고 살았을지도 모르겠다. 어쩌면 인간이 명명한 나이테, 나무의 생장 연륜이라는 것이 나무가 받은 상처의 흉터가 아닐까.

자연을 아름답게만 바라보는 건 인간의 이기심이다. 이기심은 결국 자기연민에서 파생된다. 자기연민은 상처로 파괴된 자아의 열등의식과 시련을 극복하지 못한 자괴감의 결과물이다. 세상을 바라보는 비틀린 시선. 타인을 신뢰하지 못하고 자기만의 세상에 갇혀 반복된 슬픔 속에 몸부림치는 것. 그것이 자기연민의 굴레다.

조용한 산골 마을에서 글만 쓰며 사는 나를 부러워하는 사람들은 그야말로 오해다. 젊은 여자가, 그것도 혼자 산속에 살게 된 데는 그만한 과정이 있을 거라고는 생각하지 못하는 탓이다. 그저 보이는 대로 판단하는 팍팍함. 타인의 시선이란 얼마나 무서운 것인가.

극심했던 우울증은 밤마다 나를 괴롭혔다. 머릿속이 핑 돌고 다리가 풀리던 공황장애는 급기야 안면근육에 문제를 일으켰다. 나는 더 이상 웃지도 울지도 않는 어정 쩡한 표정을 갖게 되었다. 나를 공포 속으로 몰아넣었던 극한의 순간들이 꿈에 나오면 자다가 일어나 벽에 머리를 쿵쿵 박곤 했다. 잊을 수 있다면 머리가 부서져도 좋을 것 같았던 눈물의 밤은 꽤 오래 지속되었다. 가족과 연락 조차 끊고 고립되어 살았던 그 시간이 내겐 죽음과 다르지 않았다.

상처를 받았고 시련이 왔다. 그것은 곧 자기연민으로 이어졌다. 세상에서 내가 가장 불행했고 내가 가장 슬펐 다. 나를 위로해주지 않는 사람들을 원망하며 누군가가 나를 지켜주지 않아서 내가 불행해졌다고 생각했다. 다 시는 아무도 믿지 않고 누구도 사랑하지 않겠노라 다짐 했다. 수많은 죽음의 방식들은 나를 파멸의 길로 내몰았 다. 끝도 없이 반복되는 좌절은 내 고왔던 청춘의 몇 년을 앗아갔다.

쉽지 않았다. 무언가를 극복하는 과정도, 잃었던 것을

다시 찾을 용기도 쉬운 건 없었다. 내 인생에 진실한 손을 내밀어줄 사람은 나 자신밖에 없다는 사실을 깨닫는 데만 사 년이 걸렸다. 잃어버린 얼굴을 찾고, 웃음을 찾고, 꿈을 찾는 동안 나는 꽤 성숙해갔다. 사는 동안 나에게 가장 외면당해왔던 나를 위해 나만을 위한 삶을 살기로 했다. 그렇게 이뤄낸 삶이 남들 눈에 팔자 좋아 보이는 지금의 삶이다. 나는 사람을 버리고 자연을 택했다. 인간에 대한 공포와 자기연민의 굴레에서 벗어나 다시 일어서고자 선택한 길이다.

사람들은 내가 자연의 품에서 자유롭게 사는 것을 부러워한다. 가정과 육아로 혹은 다른 사회적 책임감으로 인해 억압된 자신의 현실을 안타까워한다. 도시의 편의를 다 누리고 직장에서 나오는 월급으로 소비하며 사는 그들은 마치 도시에 억류된 사람들처럼 말하곤 한다. 그럴 때면 나는 그저 한마디를 던질 뿐이다.

"당신에겐 사람이 있잖아요."

그들에게는 단지 자연과 바꿀 수 없을 만큼 소중한 사람들이 있을 뿐이다. 물론 이것 또한 그들의 입장에서는 이기적인 타인의 시선일 테니, 유구무언이다.

자신의 삶은 변명과 합리화로 일관하고, 타인의 삶은 쉽게 단정하고 왜곡해버리는 인간의 이기심은 인간뿐 아니라 삼라만상에 적용된다. 아주 작은 미물에서부터 심지어 신에게까지. 나 또한 보통 인간이다 보니 낙화와 낙엽을 보며 일거리 하나 늘었다고만 생각했다. 이제 좀 각성이 되었으니, 앞으로 자연의 생사를 바라볼 애달픈 마음을 어찌 감당할 것인가.

저 새는 작년에도 왔던 새일까. 바라는 바 없이 내어준 나무에 앉아 노닐던 철새는 기약은 하고 떠나는 걸까. 나무는 매년 반복되었을 이별이 얼마나 힘들었을까. 철새는 살고자 나무를 떠나고, 나무는 결코 철새를 붙잡을 수 없다. 그 입장의 차이를 생각해본 적 있던가.

잎이 떨어지면 새순이 돋을 테지만 그게 반드시 더 나을 거라는 생각은 위험하다. 새 생명의 존재를 떠나서 떨어지는 건 그저 슬픈 일인지도 모른다. 낙엽을 아름답고 낭만적으로 보는 것이 인간의 이기적인 시선이라고 일갈한다면 누가 변명할 수 있을 것인가. 온몸이 발갛게 달아오를 만큼 떨어지지 않으려 했던 그 애달픈 낙엽이, 모든 낙화가, 나는 몹시 슬프다.

빗자루로 바닥에 떨어진 잎들을 쓸어 모았다. 어제까지만 해도 저 나뭇가지에 매달려 바스스 흔들리던 잎새들의 절규를 쓸었다. 아직 창창한, 떨어지기엔 너무 앳된 푸른 잎들과 같은 바람 속에서도 억척스럽게 혹은 운 좋게 떨어지지 않은 나뭇잎들. 어느 쪽이 행복이고 어느 쪽이 불행인지 감히 말할 수 없다. 아직 나뭇가지에 매달린 잎새의 몸짓이 아름다움인지 처연함인지 또한 분간할 수가 없다. 아니, 정의하지 않으련다. 내가 함부로 판단하는 순간 그렇지 않은 상대가 그렇게 매도되어버릴지도 모르므로, 나는 그저 묵묵히 비질만 할 뿐이다.

동전이라는
부끄러움

통장에도 지갑에도 돈이 없
다. 그나마 있던 반찬인 김치와 달걀도 떨어졌다. 이달에
청탁받은 원고료는 다음 달에나 들어올 테다. 없이 사는
사람 뱃속은 어찌 그리 정직한지 밥때가 되면 어김없이
배가 고프다. 그럴 때마다 배가 부르면 글이 써지지 않는
다는 핑계를 대며 뱃속을 달래곤 했다.

봉지 커피 하나를 뜯어 뜨거운 물에 풀었다. 컵을 들고
다시 책상 앞에 앉다가 저금통을 발견했다. 오백 원짜리
동전은 이미 다 털어먹은 상태이므로 나는 백 원짜리 동
전을 꺼내 부지런히 셌다.

편의점에 가려면 차를 몰고 산 아래로 내려가야 하지
만 귀찮음보다 배고픔이 먼저였다. 동전 뭉치를 차에 싣

고 내려갔다. 편의점 앞에 선 나는 잠시 망설였다. 물건을 훔치려는 것도 아니고 외상을 하려는 것도 아닌데 동전밖에 없는 내 신세가 그와 다를 바 없이 한심하게 느껴졌다. 그래도 어쩌겠는가. 목구멍이 포도청인 것을.

편의점 문을 열고 들어가면서 소심하게 인사를 했다. 카운터를 보고 있는 점주 아주머니는 아는 얼굴이었다. 컵라면 두 개와 작은 김치 한 팩을 들고 계산대로 향했다. 이천팔백 원. 나는 주머니에 손을 집어넣으며 물었다.

"동전도 괜찮죠?"

"우리야 동전도 좋지요. 동전 없을 때는 은행 가서 바꿔오기도 하니까."

나는 동전 뭉치를 건넸다. 계산하면서도 뭐가 그렇게 부끄러웠던지 나는 안 해도 될 말들을 주절거렸다.

"집에 동전이 너무 많아서…… 요즘 동전 쓸 데가 있어야죠."

아주머니는 빙그레 웃으며 언제든지 동전을 가지고 오라고 했다.

인사하고 돌아서는데 조선소 작업복을 입은 중년 남자가 편의점 안으로 들어섰다. 담배 한 갑을 주문한 그는 거침없이 주머니에서 동전을 꺼내 계산대 앞에 올려놓았다.

"계산하기 좋게 열 개씩 묶어 왔어요. 마누라 몰래 비상금 만들기엔 동전이 딱이지."

화통한 그의 말에 동전을 받던 아주머니가 큰 소리로 웃었다. 나보다 먼저 편의점을 빠져나가던 남자가 인사하는 아주머니를 등진 채 손을 흔들며 말했다.

"일주일 또 모아서 올게요."

뒤따라 편의점을 나온 나는 그가 낡은 승용차를 타고 가는 것을 보았다. 그 순간, 가슴에서 부풀어 오른 부끄러움이 정수리까지 이어져 온몸에 열이 올랐다. 진정한 부끄러움은 그 순간이었다. 동전을 세고 있던 내 모습도, 동전을 들고 물건을 사러 갔던 내 모습도 아니었다. 동전 쓰는 것을 부끄러워한 것이 진정 부끄러운 모습이었다는 것을 깨달은 것이다. 동전을 너무 많이 가져갔다가 혹시 손님이 많으면 민망해질까 봐 서른 개만 가지고 갔던 그 순간부터 나는 부끄러운 사람이었다.

지폐가 충분할 때는 동전을 거들떠보지도 않았다. 동전이 생기면 들고 다니기 무겁다거나 계산하기 번거롭다는 이유로 집 안에 버려두었다가 궁할 때는 동전도 아쉬웠다. 그때마다 나는 동전을 들고 나가는 것이 부끄러웠다. 동전도 지폐처럼 쌀이 되고 라면도 되는 것인데 나는 내

가난을 들킬까 봐 혹은 무시당할까 봐 두려웠던 것이다.

그날 집으로 돌아온 나는 남은 동전들을 열 개씩 묶어서 휴지로 감쌌다. 다음에는 당당하게 계산대 위에 올려놓아야지 생각하며 야무지게 휴지를 말았다. 아내 몰래 동전으로 비상금을 만든다는 중년 남자의 당당하고 환한 미소가 자꾸만 떠올랐다.

그 뒤로 나는 지폐가 충분해도, 체크카드에 여유가 있어도, 동전 열 개씩을 꼭 넣어 다닌다. 그리고 될 수 있으면 동전을 먼저 꺼내 계산한다. 또 누군가 동전을 아무렇게나 던져놓으면 나한테 달라고 말하기도 한다. 사람들은 그런 나를 한심하거나 불쌍하게 보지 않는다는 것을 알았기 때문이다. 오히려 알뜰하고 야무진 여자로 보았다.

나는 이제 동전을 쓰는 것이 부끄럽지 않다. 부끄럽기는커녕 동전 예찬론을 펼치며 동전 사용을 적극 권하기도 하는데, 그때마다 그날 편의점에서 본 남자 이야기를 한다. 담뱃값을 다 모아서 편의점으로 향하는 중년 남자의 소박한 행복을 떠올리면 돼지저금통을 세 개나 보유하고 있는 나는 대단한 자산가가 아닐 수 없다. 동전이라는 부끄러움, 그것은 나의 자격지심이었다.

하얀 놈,
노란 놈,
섞인 놈

　　　　　요염한 자태. 아찔한 에스라인. 도도한 눈빛과 유혹하는 목소리. 탐스러운 엉덩이를 씰룩거리며 걸어가는 자태가 어느 나라 기녀妓女인가. 아침부터 동네를 누비는 저 경국지색의 새하얀 몸놀림. 나와 마주치자 차분하게 우뚝 선다. 허벙저벙 체면 깎는 일은 결코 없다. 고개를 치켜들고 작은 코를 벌름거리며 유유히 나를 맡는다. 날카로운 눈매가 경계를 말한다. 쌈박하다.

　오기가 생긴다. 지지 않으리라. 나도 만만치 않게 매서운 눈빛을 날린다. 어느새 눈싸움으로 변질된다. 미세먼지에 눈이 따끔거린다. 그러나 오늘만은, 이기고 싶다. 내가 에스라인과 탐스러운 엉덩이엔 졌지만 기 싸움에선

물러설 수 없다. 눈물이 고이기 시작한다. 상대는 아직 거뜬한 모양이다.

순간, 타짜들의 밑장빼기와 같은 비열한 장면을 목격하고 말았다. 혓바닥을 날름거리며 동공을 훑는 듯한 동작! 화가 나서 슬리퍼를 질질 끌고 내달렸다. 상대는 보란 듯이 사뿐히 뛰어 제집으로 들어간다. 오늘도 졌다. 지기만 했나. 우롱까지 당했다.

해가 산마루에 늘어진 오후, 고양이 세 마리가 이웃 할머니를 따라가며 산길을 걷는다. 세 마리 모두 걸음걸이가 요염하다. 볼 때마다 할머니는 행수 기생, 뒤따르는 고양이 세 마리는 기방의 예인 같다. 기녀들의 등장에 저잣거리가 들썩인다. 체면 없이 휘파람을 부는 잎갈나무, 침을 꼴깍 삼키는 각시괴불나무. 개나리와 수선화는 시샘하듯 수다를 떨고, 꽃숭어리에 앉아 꿀 따던 벌은 한눈팔다 닝닝닝 아래로 떨어진다.

하얀 놈, 노란 놈, 섞인 놈. 나와 기 싸움을 벌이는 녀석은 하얀 놈이다. 인기척이 나면 도망가는 여느 고양이들과 다르게 하얀 놈은 처음부터 당돌했다. 노려보는가 하면, 혀를 날름대며 약을 올리기도 예사였다. 그뿐이면 다행이다. 시시때때로 우리 집 마당에 무단침입하여 뒷일

을 보고 가거나, 텃밭에서 일광욕을 즐기기도 했다. 나를
만만하게 생각하는 게 분명했다.

혈전이 벌어진 날은 비가 그친 다음 날이었다. 마당에
떨어진 이파리들을 쓸고 물청소를 했다. 쓰레기를 정리
하려고 보니 종량제 봉투가 찢겨 있었다. 봉투 안에 있던
쓰레기가 삐주룩이 튀어나왔다. 그곳을 드나드는 녀석은
하얀 놈뿐이니 비록 물증이 없는 상황이지만 범인은 하
얀 놈이 틀림없다.

놈은 한두 번이 아니었다. 혼쭐을 내서 다시는 못 오게
해야 한다는 생각이 들었다. 나는 놈을 유인하기 위해 덫
을 놓기로 했다. 참치통조림 하나를 따서 놈이 자주 드나
드는 곳에 놓아두었다. 범인은 반드시 범죄 현장에 다시
나타난다고 하지 않던가!

마당이 훤히 보이는 창가에서 잠복에 들어갔다. 노곤
한 햇살에 결의는 사라지고 눈꺼풀이 무거워질 무렵이었
다. 제아무리 도도한들 짐승은 짐승이라, 배고픈 시간이
되니 놈이 모습을 드러냈다. 텃밭 쪽에서 마당으로 걸어
오던 놈은 경계를 늦추지 않고 덫을 향해 천천히 걸었다.
나는 준비해둔 무기를 들고 뒷문으로 나갔다.

참치 맛에 빠져 있던 하얀 놈은 나를 발견하자 뒷걸음 쳤고 나는 무기를 발사했다. 시큼한 레몬 향이 마당 가득 퍼졌다. 도망치던 놈이 담벼락 아래 막다른 곳에 다다르자 온몸의 털을 고슴도치처럼 뾰족하게 세웠다. 다시 놈이 텃밭 쪽으로 달아났다. 텃밭 옆에 놈이 지나다니는 작은 구멍이 있는데도 도망가지 않고 계속 나와 대치했다. 무슨 계획일까. 나는 다시 분무기를 발사했고, 레몬 물을 눈에 정통으로 맞은 하얀 놈은 창고 지붕 위로 날름 뛰어 올랐다. 지붕 위에 올라선 놈을 보니 헛웃음이 났다. 놈은 도망갈 수 없었던 게 아니었다. 말하자면 놈은, 즐겼던 것이다.

알고 보니 이웃 할머니는 하얀 놈, 노란 놈, 섞인 놈의 주인이 아니었다. 모두 주인 없는 고양이였다. 어쩌다 할머니가 밭으로 향하면 세 마리가 졸졸 따라오더란다. 얼떨결에 동행하게 된 할머니는 녀석들의 끼니를 챙겨주었다. 혼자 사는 할머니는 자주 집을 비웠다. 병원에 오래 있기도 했고 자식들 집에서 지내기도 했다. 인가가 드문 산기슭에서 놈들은 배고프고 심심했을 것이다. 고양이가 싫어한다는 레몬 물을 맞고 여기저기 도망 다니면서도 끝내 상황을 벗어나지 않았던 하얀 놈. 동병상련이란 이런 것일까.

　산기슭에 혼자 살다 보니 말을 잊은 건 아닌가 싶을 때가 있다. 사물을 향해 혼잣말을 내뱉기도 한다. 자유가 보장된 자연 속에 살지만 많은 걸 내려놓아야 했다. 나의 선택이었다. 그러나 가끔은 또각또각 구두 소리를 내며 아스팔트를 걷고 싶을 때가 있다. 포장마차에서 낯선 사람들과 섞여 술 한 잔 기울이고 싶고, 지하철의 안정적인 속도감을 느끼고도 싶다. 분위기 좋은 카페에서 온종일 수다 떨고 싶은 날도 있다. 모두 고독과 상반되는 상황이다.

　그럼에도 불구하고 내가 여기서 벗어나려고 하지 않는 이유는 간단하다. 반대로 살다 보면 지금 이 고독이 그리울 것을 알기 때문이다. 여기 산동네로 들어온 이유이기도 하다. 사람은 자신에게 결핍되고 부재한 것을 좇기 마련 아니던가. 지금 내게 충만한 고독의 시간은 과거에 그토록 갈망하던 것이다. 결핍되었던 무엇이 충족되었다고 해서 다시 과거로 돌아간다면 도살을 기다리는 살진 돼지와 무엇이 다를까.

　어쩌면 고양이 세 놈도 마찬가지일지 모르겠다. 비록 따분하고 무료한 산속이고 먹이 또한 보장되지 않지만, 구속보다는 자유가 낫다고 여기는 게 아닐지. 오래된 인식표를 목에 걸고 있는 하얀 놈은 더욱 그럴지도 모른다. 생각이 거기까지 이르렀을 때 하얀 놈에게 묘한 동병상련이 생긴 것이다.

그날 이후로 무기를 쓰진 않는다. 비슷한 처지에 좀 치사하다는 생각이 들어서다. 쓰레기는 창고 안에 보관하니 별문제는 없다. 놈이 내 집에 오든 말든 괘념치 않는다. 단, 산길에서 만나면 얘기가 다르다. 뭔가 서부영화 같은 분위기랄까. 만났다 하면 눈싸움이다. 서로 만만치 않은 상대임을 인지하면서도 서로가 원하는 것을 안다. 저도 나도 심심풀이 땅콩일 뿐이라는 것. 친구라 하기엔 쑥스럽다. 분명히 말하지만 우린 아직 친구는 아니다.

극성이던 미세먼지가 사라졌는지 오늘따라 시야가 깨끗하다. 먼 산 끄트머리가 동자승 머리처럼 매끈하다. 공기도 맑고 기분도 상쾌한 이런 날은 나무둥치에 앉아 한나절 꼬박 바람 소리만 들어도 좋을 것이다. 오늘만큼은 눈싸움에서 이길지도 모르겠다. 느낌이 좋다.

산에
삽니다

　　　　　우리 집을 방문하는 사람들에
게 지겹도록 듣는 말이 있다. 어떻게 이런 곳에서 사느냐
는 것이다. 그들이 말하는 '이런 곳'이란 산이 병풍처럼
둘러싸고 있고 고라니가 폴짝폴짝 뛰어다니며 포수가 멧
돼지를 잡기 위해 총을 쏘아대는 그런 곳이다. 대부분 가
파른 오르막길이고 겨울이면 집집이 땔감으로 불을 지피
느라 매캐한 연기가 피어오르는 곳이다. 대문이 따로 없
어 이웃들과 동네 개들이 무람없이 드나드는 그런 곳이
다. 나는 그런 곳에 산다. 우리 집은 산 중턱 작은 마을에
있다.

　나는 이곳 생활에 대단한 자부심을 느낀다. 돈과 시간
을 들여 꽃놀이를 가지 않아도 봄이면 지천에 꽃이 흐드

러진 우리 집. 등산을 하거나 수목원에 가지 않아도 산림이 베푸는 정화된 공기를 마시며 미세먼지 걱정은 하지 않아도 좋은 우리 집. 아무리 거센 태풍이 몰아쳐도 나무가 먼저 그 충격을 흡수해서 무탈했던 우리 집. 김장하면 앞다투어 김치를 나눠주고 궂은일은 서로 돕는 이웃의 정이 있는 우리 집. 이보다 더 인간적일 수 없는 곳에서 나는 자연의 힘을 빌려 마음의 병을 고칠 수 있었다.

내가 이런 설명을 하면 방문객들은 바로 반박에 들어가고 대화는 끝장 토론으로 이어진다. 그들은 말한다.

"방범이 허술하네. 무섭겠어."

나는 대답한다.

"범죄는 아파트에서 더 자주 일어나지."

또 그들은 말한다.

"너무 비탈졌어. 오르내리기 힘들겠는데."

나는 대답한다.

"돈 들여 헬스장 가지 않아도 운동이 돼."

다시 그들이 말한다.

"이웃들이 자유롭게 드나들면 사생활 침해는?"

나는 또 대답한다.

"낮에는 밭일하느라 바쁘고 저녁 여덟 시면 다 주무셔."

그들은 안 해도 될 걱정들을 너무 많이 한다. 마치 내가 사람 살 곳이 못 되는 밀림에 사는 것처럼 이상하게 생각한다. 도시 생활에 최적화되고 아파트에 익숙한 그들은 결코 이해할 수 없는 모양이다.

기름을 따로 넣지 않아도 버튼만 누르면 사계절 내내 보일러를 사용할 수 있고, 철문 하나만 닫으면 외부와 완벽하게 차단되는 아파트. 조금만 걸으면 상가가 있어서 생활의 불편함을 거의 모르고 사는 아파트 사람들. 나도 아파트에서 오래 살았지만 이제는 다시 돌아가고 싶지 않은 곳이다. 내 눈에 아파트는 닭장이나 벌집으로 보일 뿐이고 올려다보는 것만으로 가슴이 답답하다. 산을 깎아서 지은 아파트를 보면 울화가 치밀기도 한다.

편안하고 안락한 생활을 위해 사람들은 언제부턴가 아파트를 선호하기 시작했다. 그러나 몸의 편의는 얻었더라도 마음은 편안한지 의문이다. 주차 문제로 시비가 붙고, 층간소음 때문에 살인이 나는 곳에서 자유로운가. 학교와 학원과 집, 온종일 시멘트 건물을 오가는 아이들이 가엾지 않은가. 그 삭막함을 감추기 위해 베란다 가득 화초를 키우지 않던가. 그러니 피차 사는 환경에 대해서는 왈가왈부 따질 문제가 아니라는 것이다.

솔직히 말하면 나도 따질 점이 전혀 없는 것은 아니다. 쓰레기를 분리수거해서 자동차에 싣고 큰 도로까지 내려가야 한다든지, 버스를 타려면 삼십 분을 기다려야 한다든지, 건조한 계절이 오면 산불 걱정을 해야 한다든지, 그런 것들이다. 그렇지만 그런 불편함은 산마을에 살면서 얻는 소중한 것들에 비할 바가 아니므로 감내하고 살기에 충분하다.

멀리 가지 않아도 바다와 맞닿은 일출과 일몰을 볼 수 있고, 정월 대보름엔 거대한 보름달이 집 앞 나무에 걸리는 우리 집이 좋다. 나쁜 것은 다 흡수하고 좋은 것만 건네는 숲과 그 위로 쏟아질 듯 반짝이는 별들이 참 좋다. 사람이 음식을 먹고 남기면 짐승이 먹고, 다시 남기면 거름이 되는, 자연과 짐승과 사람이 공존하는 산마을이 좋다.

지독한 고독이 가끔 옆구리를 찌르지만 덕분에 나는 꿈을 꾼다. 한정 없는 적막과 고요가 때론 남아 있는 상처들을 눈물로 이끌지라도 꿈이 있는 사람에게 고독과 적막은 달콤할 뿐이다. 떠나면 분명 그리워질, 나는 그런 곳에 산다.

말뚝과
그물

텃밭을 반만 갈아 퇴비를 뿌려놓았다. 짐승들이 드나들지 못하도록 그물을 두를 계획이다. 목장갑을 끼고 적당한 위치를 찾아 말뚝을 박는다. 세운 말뚝을 붙잡고 좌우로 흔들어준다. 제가 놓일 자리를 찾으란 뜻이다. 흔들흔들. 점쟁이 굿하듯, 노인네 지팡이 흔들 듯, 흔들흔들 흔든다. 어느 정도 자리를 잡으면 어떤 비바람에도 흔들리지 않도록 고정한다. 한쪽 끄트머리를 망치로 내려치기 시작한다. 쿵 소리 한 번에 말뚝의 키가 훌렁 줄어든다.

세 군데에 말뚝을 박았다. 니은 모양으로 양쪽 끄트머리와 가운데 코너 부분이다. 튼튼하게 박힌 걸 확인한 뒤 초록색 그물망을 두른다. 한쪽 끝에 박은 말뚝에 그물망을 고정하고 코너를 돌아 다른 끝에 가서 고정한다. 제법 그럴싸한 그물 벽이 생겼다. 가운데가 허물어지지 않도록 한 번 더 팽팽하게 당겨주는 것도 잊지 않는다. 이제 목비만 내리면 된다. 겨우내 얼어붙은 땅이 봄볕과 목비에 모공을 늘어뜨릴 것이다. 그때 퇴비가 스며들면 농작물을 심기에 좋은 땅이 된다.

기다리던 비가 온다. 봄비치고는 제법 고약하게. 창고 위 슬레이트 지붕이 날아갈 듯 몸을 뒤척이며 철퍽철퍽 요란한 소리를 낸다. 텃밭과 마당 사이 배수로가 흙으로 막혀 빗물이 범람하기 시작했다. 비를 맞으며 배수로에 쌓인 흙을 퍼내던 내 눈에 말뚝이 들어왔다. 세 개가 모두 단합한 듯 안쪽으로 쏠려 있다. 팽팽하게 매어둔 그물망은 가운데가 움푹 내려앉아 제 쓸모를 못 하고 있다. 그러나 비가 그치면 볼일이다.

날이 개자 작심하고 텃밭으로 향했다. 땅이 질퍽해 말뚝이 제 몸을 지탱하기 힘들어 보인다. 가까스로 그물망을 붙들고 있는 말뚝 세 개를 번갈아 바라보았다. 차마 놓아버리지는 못하고 어쩌다 보니 어정쩡하고 위태롭게 서로 의지하고 있다. 저들은 무엇을 지키려고 저리 안간힘을 쓰고 있을까. 늙은 부모와 늙어가는 자식들처럼 걱정과 부담이 양립하는 말뚝과 그물. 부모가 말뚝일까, 자식이 말뚝일까. 세상 많은 요인이 중심을 잡지 못하게 시련을 주는데 완전히 엎어질 수도 없게 만드는 어떤 대상. 귀천을 따질 수도 없는, 그저 한 몸 같은 끈질긴 무엇. 어쩌면 서로가 서로일지도 모르겠다.

혼자 서 있기도 턱없이 부족한 힘으로 그물을 붙들고 있는 말뚝은 어쩌면 내가 가서 툭 쳐주길 기다리는지도 모른다. 쉽게 해줄까, 싶다가도 그 책임감에 감복해 가만서서 바라만 보았다. 가까스로 버티는 것은 말뚝만이 아니다. 축 처져 내려앉은 그물도 힘겨워 보이긴 매한가지다. 붙잡는 쪽도 붙들린 쪽도 온전히 자발적이지는 않은 것 같다. 차라리 말뚝이 엎어지면 그물도 몸을 풀고 편안할 텐데 그럴 생각은 없어 보인다. 끝까지 서로를 놓지 않는 말뚝과 그물은 위태롭지만, 함께, 살아 있다.

아버지 팔뚝에 어린 동생과 내가 대롱대롱 매달리던 장면이 떠오른다. 아버지는 뱅그르르 돌며 힘을 과시했다. 그 순간 아버지의 다리는 적당한 넓이로 벌어졌을 테고, 근육은 팽팽하게 날이 섰을 것이다. 매달린 우리는 떨어질까 두려웠지만, 아버지의 힘을 믿었고 아버지라서

믿었다.

팔을 부르르 떨며 버티던 젊은 아버지는 최선을 다했다. 당신의 팔에 매달린 작은 딸들이 다치지 않도록, 마음 놓고 자신을 의지하도록 끝까지 버티었다. 그물이 진흙탕에 내몰리지 않도록 끝내 붙들고 있는 젖은 말뚝에 씁쓸한 감회가 인다. 늙은 아버지의 팔뚝 같은. 이제는 신뢰하지 않는 딸들의 의지 같은.

나는 말뚝에서 나를 보았을까, 내 부모를 보았을까. 꿈과 현실의 괴리, 책임감과 고집의 차이를 보았는지도 모른다. 부모와 자식은 신뢰를 넘어선 안심의 관계라는 것을, 지나친 책임감이 고집으로 변질되어 관계를 허물기도 한다는 것을 떠올린다.

자식을 위해 생을 바친 가난한 부모와 늙은 부모를 마지못해 건사하는 자식 사이에 존재하는 그물 같은 신뢰를 본다. 안간힘으로 그물을 붙들고 있는 말뚝처럼 위태로워도 무너질 수 없는 집요한 관계의 업業을 본다. 가난과 시련을 함께 인내하며 맞잡은 손을 기어코 후손에게 넘겨주고 마는 고집, 혹은 책임감. 부정할 수도 거부할 수도 없는 관계가 주는 무거움은 단지 고통이고 짐일까. 벚꽃처럼 가볍게 흩어져야 아름다울까.

통제받지 않는 자유가 종국에 가져올 고독 따위엔 관심 없는 사람들에게 말뚝이 하는 말을 전한다.

인생은 결코 혼자선 행복할 수 없어.

새 말뚝 하나를 챙겨 다시 텃밭으로 향한다. 말뚝과 말뚝 사이에 또 다른 말뚝을 박는다. 가운데 놓인 새 말뚝에도 그물을 고정한다. 양쪽 끝에 선 말뚝이 더는 흔들리지 않는다. 그물을 지탱하는 힘이 분산되니 그물 또한 팽팽함을 유지한다. 힘을 분산시키고 책임감을 나눈다. 다시 무너지는 일이 생겼을 때 죄책감도 나뉠 것이다. 모두가 살아남는 방법이다.

집이 기둥 하나로 지어질까. 자동차가 어디 바퀴 하나로 굴러가던가. 소나무 하나가 우뚝 서기 위해 얼마나 많은 뿌리가 작은 힘을 그러모으는지, 아름다운 피아노 연주는 얼마나 많은 음의 조합인지 알면서도 모른 채 살아온 빈 가슴이 부끄럽다. 그 속에 늙은 내 부모가 보이고, 힘겨워하는 내 형제가 보이고, 손을 놓지 못하는 서로가 보인다. 그래도 끝까지 가족이라는 이름으로 살아가는 우리는 위태롭지만, 함께, 살아간다.

말뚝에 힘을 주기 위해 말뚝 아래에 돌을 쌓았다. 그물이 잘 버티라고 제일 위쪽에 빨랫줄을 덧대어 둘러주었다. 말뚝이 허리를 쭉 펴니 그물이 함께 일어선다. 부러 말뚝을 툭 쳐보았다. 끄떡도 하지 않는다. 조금 더 세게 쳐보았다. 여전하다. 이번에는 그물을 슬쩍 잡아당겨 보았다. 그물을 붙잡고 있는 말뚝이 바르르 떨린다. 그물이 제자리로 돌아가며 팽팽함을 유지한다. 그 안에서 자랄 새 생명에게 의지가 되어주려는 듯 말뚝과 그물은 서로를 끈질기게 붙잡고 있다. 자신을 믿으라는 듯, 마음껏 자라라는 듯.

　그물 안에 파릇파릇 싹이 돋으면 말뚝은 저 자신을 더욱더 살팍지게 할 것이다. 그물이 제 임무를 다할 수 있도록 묵묵한 조력자가 되어줄 것이다. 다시 중심을 놓쳐도 맞잡은 손은 놓지 않을 게 분명하다. 함께 시련을 이겨냈으니 이번에는 더 끈끈하게 붙잡지 않을까. 서로를 포기하지 않고 공존하는 방법을 배웠을 테니.

말뚝이 내게 말했다
"인생은 결코 혼자선 행복할 수 없어"
위태롭지만 함께 살아가야 하고
위태로워도 함께 버텨내야 한다고

범어사에서

쓰는

반성문

　　　　　　　빠르게 스쳐가는 세상을 본
다. 지난달에는 해동 용궁사에 다녀왔고, 오늘은 범어사
에 가는 길이다. 부정否定을 옆구리에 끼고 있으나 번뇌
한 속을 비우기엔 그나마 절이 도움이 되는 듯하다.

　나무들이 사라졌다가 다시 나타나길 반복한다. 비슷한
이름의 사찰 이정표가 심심찮게 눈에 들어온다. 도심에
는 교회가 많고 교외에는 절이 많다. 그래서 어디에도 살
만한 곳이 없다고 생각했던 시절이 있었다.

　절에 갈 때면 엄마를 기억한다. 부지런한 엄마는 법복
을 차려입고 백팔염주를 손등에 칭칭 감은 채 집을 나서
곤 했다. 습관적으로 관세음보살을 입에 달고 살던 엄마
였다. 집안에 좋은 일이 생기면 부처님 은공이고, 나쁜 일

이 닥치면 당신의 업보라 했다. 어린 나는 그런 엄마가 싫었다. 의지가 박약하고 비루한 사람들이나 종교에 의존한다고 생각했다.

나는 지난 몇 년간 쉼 없이 절에 드나들었다. 부처의 존재를 부정하면서도 그가 있는 곳을 조용히 들고 났다. 당신이 존재한다면 지금 내 방황을 끝내게 함으로써 존재를 증명해 보이라고 윽박지르곤 했다. 멸시하는 눈으로 나를 바라보는 사천왕의 시선을 응시하며, 당신이 존재한다면 지금 나의 불신不信을 처단해보시라 비아냥대기도 했다. 부러 찾아 부정을 외치는 나의 당돌함이 어디서부터 시작되었는지 알 수 없었다.

내가 수험생이 되던 해, 엄마는 물 만난 고기처럼 절에 갔다. 어떤 때는 일박이일, 삼박사일씩도 갔다. 이성계가 백일기도를 했다는 남해 보리암과 갓바위 부처님으로 유명한 대구 팔공산 등 기가 좋기로 유명한 절을 순례했다. 대학에 합격했을 때 엄마는 모든 게 부처님의 은혜라고 말했다. 수년간 공부에만 매진했던 나의 노력은 부처님 앞에서 일순간 물거품이 되었다. 어째서 고생은 내가 하고 공은 부처에게 돌아가는가! 부정하는 마음이 극에 달했다. 부처님만이 희망이라고 말하는 엄마와 신은 죽었다고 말한 니체. 누구의 말이 정답이었을까.

엄마는 삶이 뜻대로 풀리지 않을 때마다 당신이 전생에 죄를 많이 지어서 그렇다고 했다. 이생에 모든 업보를 씻고 복전福田을 넓혀야 후생에는 팔자가 피는 법이라고 했다. 팔만사천 가지 번뇌를 지니고 태어나는 중생의 업보를 다스리는 방법은 그저 부처님으로부터 깨달음을 얻는 길밖에 없다며 하루가 멀다고 절에 갔다. 나는 그런 엄마가 안타까웠다.

윤회 따윈 없어! 인생은 일회용이라고! 단지 지금을 살아내면 그뿐이라고!

그렇게 말하고 싶었지만 매번 울림에 그쳤다.

오랜만에 범어사에 오른다. 내 걸음으로 족히 한 시간은 올라야 한다. 이곳이 떠오르는 계절은 언제나 가을이었다. 금정산 단풍이 절경인 사찰의 길은 한 해의 회포를 녹여주고 얼마 남지 않은 달을 소중하게 만든다. 남은 몇 달의 희망을 가슴 깊이 꾹 누른 채 길을 걷는다. 절에 닿기도 전에 이미 속세와 인연을 끊은 듯한 평온함이 나비처럼 날아와 앉는다.

대웅전으로 가기 위해 삼문을 통과하면 점점 복받치는 감정이 속절없다. 일주문, 천왕문, 불이문. 유서 깊은 절에서 문을 세 개나 만든 까닭이 분명 있을 것이다. 불법에 얕은 지식이지만 나는 이것을 관문으로 알고 있다. 첫 관문인 일주문은 번뇌를 하나로 묶으라는 뜻이요, 다음 관문인 천왕문은 불심을 다지라는 뜻이며, 마지막 불이문은 번뇌를 묶어 불심을 다졌으니 마음을 비우고 경애하는 마음으로 부처님을 알현하라는 뜻이다. 그 모든 과정에 어찌 깊은 불심이 숨어 있지 않겠는가. 하여 삼문을 통과하면 그렇게 심신이 멍해지는 것인지도 모르겠다.

경내에 들어서면 마음은 둘로 나뉘어 불심과 불신이 맞붙기 시작한다. 대웅전에 올라 삼배하고 앉으면 맞붙었던 두 마음을 툭 털어놓는다. 나는 왜 아직도 힘들어야 하는지에 대해, 부처님의 자비가 내게 오는 순서는 언제인지에 대해 투정하는 아이처럼 불신을 던진다. 그러면 곧이어 불심이 고개를 내민다. 마음 안의 불심이 여태 신의信義에 이르지도 못했는데 어찌 부처를 탓하랴. 그쯤 되면 원망이 내게로 방향을 바꾸어 가부좌한 몸에 주리를 튼다. 결국, 주체할 수 없는 눈물이 터지고 만다.

울다가 문득 엄마에게도 이렇게 울 곳이 필요했던 게

아닐까 하는 생각이 든다. 자식들 모르게 그저 편히 울 수 있는 곳이 불전뿐이었던 것인지도 모른다. 생각이 거기까지 미쳤을 때 더 크게, 목을 놓아 울음을 터트린다. 엄마의 고단했을 삶을 회상하며 철없는 방황을 이제는 끝내야 한다고 다독인다.

불상 앞에만 앉으면 울게 되는 것이 어쩌면 부처님의 배려인지도 모르겠다. 쏟아내고 비워내야 다시 채울 수 있는 것이 이치가 아니던가. 오늘 흘린 눈물만큼 빈 가슴에 어떤 것을 채워 넣을지는 내 하기 나름일 것이다. 그것이 작은 희망이라면 희망인 줄로 알고 추스른 마음을 모아 합장한다.

오던 길보다 가벼운 발걸음으로 돌아 나오는 길. 이십 년 만에 다시 찾은 범어사에서 첫사랑의 향기를 맡는다. 이곳에서 멀지 않은 곳에 살았던 그를 만나기 위해 수없이 달려왔던 날들이 바람처럼 불어온다. 머리카락이 정답던 기억 속으로 흘러내린다. 그와 손을 잡고 범어사를 산책하던 시절의 내게는 불심도 불신도 없었다. 오직 풋풋한 사랑 하나로 충만한 날들이었다. 중년이 된 나는 같은 장소에서 홀로 가슴을 저미고 있노라니, 그때의 나는 지금 무엇이 되어 있는 것일까.

　손등에는 오래된 염주가 똬리 튼 뱀처럼 칭칭 감겨 있다. 그것은 지겨운 엄마의 기억처럼 내 손을 놓아주지 않는다. 부처의 존재가 무無가 아님을 내게 말하려는 듯 구슬픈 염불 가락이 금정산 마루터기로 흩날린다. 부정해야 할 것은 신의 존재가 아니라 보이는 것만 믿어온 나의 무지와 이기심이었음을 깨닫는다. 사람과 사람 사이에도 보이지 않는 신뢰를 존중해야 하고, 드러난 삶의 승패보다 강건하게 버틴 나 자신을 위할 줄 알아야 하는데, 나는 언제나 보이지 않는 것은 불신하고 말았다. 그 업보로 나는 범어사 뒤안길에서 문학을 빙자한 반성문을 쓰는 중이다.

그저

바라보는 것이

좋았을 뿐인데

우리 집은 숲이 우거진 산 중
턱에 있다. 수많은 나무, 민초와 같은 이름 없는 풀떼기가
우리 집의 담벼락이다. 대낮에도 마실 나오는 겁 없는 고
라니와 밤이면 텃밭을 서리하러 내려오는 멧돼지가 이웃
이다. 아침이면 새들의 신명 나는 가락에 기상하고, 깊은
밤엔 먼 골에서 들리는 부엉이의 목소리를 들으며 잠을
청하곤 한다. 현관문을 열면 지천에 푸르름이 그득한 마
당 끄트머리에 내가 이사 오기 전부터 여러 종류의 과실
나무들이 살고 있다.

본채와 가장 가까운 마당에는 감나무 세 그루가 있다.
산에 업혀 사는 자로서 부끄럽지만, 감이 열리기 전까지
그것이 감나무인지조차 나는 몰랐다. 워낙 여러 종류의

나무들이 무성하기도 했고 그 종류를 분별할 만큼 관심을 두지도 않았기 때문이다. 작년 가을, 웬 나무에 고운 빛깔의 동그란 열매가 매달린 것을 보고 '아, 저것이 감나무였구나' 했다.

초록빛 산마루를 병풍처럼 두르고 살았던 여름의 색이 점점 희미해진다. 감나무는 매끄럽고 선연한 주홍빛 대봉감을 내달고 완벽한 가을을 선사할 모양이다. 낮의 길이가 점점 짧아질수록 감은 옹골지게 무르익어 기막힌 색을 뿜는다. 여름 내내 온갖 벌레와 전쟁하고 잡초와 씨름하면서 산마을에 들어온 것이 후회될 무렵, 예쁜 감나무를 보자 생각이 역전되고 말았다.

사내 주먹보다 큰 대봉감 한 알을 땄다. 그 자리에서 껍질을 벗겨 후루룩 과육을 흡입했다. 오지 않은 가을을 품었는지 맛이 달고 깊다. 욕심내어 따지는 않았다. 가끔 생각날 때마다 손이 닿는 감을 하나씩 따서 먹는 게 다였다. 이웃 사람들이 아까운 감을 왜 따지 않고 내버려두냐고 했다. 감이 익으면 제때 따야 한다는 말도 했다. 손이 안 닿아서요, 라고 대답하면 장대를 사용해도 좋고 감망이나 감대도 흔한데 저 아까운 과일을 썩히느냐 했다. 그러면 나는 그만 웃어넘기고 말았는데, 내 속은 이랬다.

감나무에 달린 감은 누가 주인인가 생각해봐야 했다. 따지 않은 감은 과연 사람이 먹지 못해 아까워해야 하는지 의문이 들었다. 어쩌면 내가 감을 딸 때마다 감나무의 허락을 받아야 하는 것은 아닐까. 사람들은 왜 자연의 열매를 따지 못해 안달이란 말인가. 많은 질문이 감나무에 달린 감처럼 주렁주렁 열렸다. 나는 그저 바라보는 것이 좋았다. 그리하려고 후미진 산동네에 들어오지 않았던가. 비단 치마 같은 고운 빛깔의 감을 바라보면 마치 교감하듯 내 마음에도 화사한 감빛이 물드는 것 같았다. 그게 모두에게 행복이라 여겼다.

어느 날 무심코 감나무를 올려다보니 반쯤 잘려나간 감이 여럿 매달려 있었다. 더러는 꼭지만 남고 과육이 사라진 것도 있었다. 방긋 미소가 지어졌다. 아침저녁으로 재잘재잘 후다닥거리며 집 안에 있는 내게 기척을 보내는 까치와 까마귀 녀석들 짓이 분명했다. 가끔은 주둥이가 긴 이름 모를 새와 손바닥만 한 참새들도 왕래하던 게 떠올랐다. 그 녀석들 짓일 수도 있겠다. 누구든 따져 무엇할 것인가. 그저 유랑하다 우리 집에 내려앉아 마른 목을 적시고 때론 허기를 채우기도 했다면 반가운 일이다. 그

렇게 감나무와 함께 평화로운 날들을 보내며 가을의 품
에 들어서고 있었다.

언제부턴가 감이 바닥으로 뭉텅뭉텅 떨어지기 시작했
다. 떨어지는 것이야 자연의 이치 중 하나겠지만 설익은
것도 떨어지는 것을 보아하니 조기 낙과가 아닌가 의심
되었다. 옆집 감나무는 아직 멀쩡한 걸 보면 아무래도 문
제가 있는 듯했다. 마침 이웃 어른을 만나게 되어 물었다.

"그러니까 감을 제때 땄어야지!"

돌아온 답은 예상 밖이었다. 요컨대, 적당할 때 열매를
솎아내야 영양분이 분산되어 골고루 자란다는 설명이었
다. 아뿔싸. 감수성만 가득한 이 무식쟁이 여자가 멀쩡한
감을 따지 않아 아직 여물지 않은 감이 살길을 잃었단 말
인가.

집으로 돌아와 제법 익은 감을 골고루 따기 시작했다.
축 늘어진 나뭇가지에서 감 하나가 뚝 떨어져 나가면 나
뭇가지는 홀가분하다는 듯 스프링처럼 가볍게 몸을 튕겼
다. 나무가 예전보다 훨씬 편안해 보였다. 산발이 되어 서
로를 짓누르던 나뭇가지도 전지가위로 쓱쓱 이발해주었
더니 뉘 집 나무인지 낯이 산다.

나의 무지함이 낳은 비극에 대해 곰곰이 생각했다. 배

려란 응당 상대를 이해하는 마음에서 우러나와야 하는데, 나는 지극히 이기적인 배려를 한 것이다. 내 비관적 시선은 또 어떤가. 사람들이 감을 따라고 권할 때 떠오른 단어는 '오지랖'이었고, 감을 따지 않고 두는 내 마음 씀씀이는 기특할 따름이었다. 마치 그들은 자연을 훼손하는 나쁜 사람들이고, 나만 아닌 것처럼 생각하기도 했다. 인간의 몽매함과 이기심이 자연을 힘들게 한다는 것을 비로소 깨달았다. 잘못된 배려는 안 하느니만 못한 것이지 않던가. 나의 잘못된 판단으로 그간 힘들었을 감나무에게 미안한 마음이 들어, 내내 그 앞을 서성였다.

그날 이후로 아침마다 조금씩 감을 땄다. 그래야 한다는 것을 알게 되었고, 그렇게 하지 못한 날들이 떠올라 더욱 신경이 쓰였다. 이미 낙과한 것들은 산 쪽으로 던져두었다. 서식지를 인간에게 빼앗기고 배곯을 야생짐승들이 잘 찾아 먹길 바라면서. 그것만은 배려다운 배려이길 바라면서.

올해 삼복더위는 산도 숲도 이기지 못할 만큼 뜨거웠다. 한여름 땡볕과의 치열한 전쟁에 패했는지 숲은 우리 집 마당에 냉기를 뿜어주지 못했고 나무들은 혓바닥을 늘어뜨린 강아지처럼 지쳐 보였다. 살아 있는 생명은 하나같이 기력을 잃어가고 있었다. 그 와중에도 감나무에 눈깔사탕만 한 초록 알이 맺힌 걸 보았다. 소뿔도 녹는다는 복더위에 무에 급해서 벌써 새끼를 품었을까 싶은 염려와 곧 가을이 오리라는 기대가 한데 모여 입가에 미소가 번졌다.

한 알 입에 넣으면 입안 가득 떫은 맛이 퍼질 것 같은 올망졸망한 새끼 감들. 이 풋내 나는 녀석들이 잘 자라 독립할 때가 되면 시원하고 청명한 가을이 올 것이다. 그나저나 어린 것들이 무더위에 얼마나 목이 마를까. 올해는 제대로 된 배려를 해볼 작정으로 수돗가에서 호스를 끌어왔다. 손잡이를 움켜쥐자 시원한 물줄기가 감나무에 쏟아진다. 까르르. 배내옷을 입고 있는 풋감들의 웃음소리가 더위에 지친 산기슭에 기분 좋게 울려 퍼진다. 바람직한 배려와 공생, 인제야 설핏 감이 온다.

여든이
마흔에게

야야, 어데 가노? 산책? 날도
꾸무리한데 무신 산책이고. 요 좀 앉았다 가그라. 뭣이 급
하노. 그래, 이리 온나. 한잔할래? 웃기는. 아나, 한잔해
라. 이래 날씨가 지랄 맞으면 막걸리가 막 들어가니라. 내
오늘 복지관에서 배운 노래 한번 들어볼래? 그기, 제목이
뭐라 카드라? 무슨 역? 안동역?

와 웃노. 내가 복지관도 댕기고 노인대학도 댕기고 농
협 문화회관도 댕긴다. 그카면 일주일이 고마 후딱 간다
아이가. 텃밭이 오백 평인데 그래도 시간이 남아. 희한하
제. 열아홉에 시집 왔을 때는 내 죽는다 캤는데, 육십 년
을 한깨나 한쪽 콧구멍으로 코 푸는 기나 매한가지라. 하
모, 육십 년 했제. 팔숩이 넘었는데 그라모. 오늘 죽어도

반갑고 내일 죽어도 반갑고 그런 나이다.

야야, 저기 새로 덮은 무덤 있제? 그 앞에 이름이 뭐라 적혀 있노? 박순외? 외? 무신 이름도 지랄 맞구로 어렵게 지아났네. 이름이 박순외였는가배. 성씨는 알고 있었는데 이름은 처음 알았네. 박순외……, 니 내 이름 아나? 나는 김말녀다, 김말녀. 내가 글을 몰라가 내 죽으면 내 무덤은 찾아 드가겠나.

저 할매도 글을 몰랐다 아이가. 근데 뭐 글 모른다고 우리가 새끼들을 못 키웠나, 밭을 못 맸나. 그란데 팔숩 살 넘어서 생각해보니께 무덤 앞에 내 이름 못 찾아갈까 봐서 그기 걱정이네. 웃기제? 내 한 잔 도고.

저 할매 떠나기 한 일주일 전인가. 점심때 국수 한 그릇 묵으러 오라 카는 기라. 그래가 내려갔지. 국수도 드럽게 맛도 없는 거 꾸역꾸역 묵고 커피 찐하게 한 잔씩 말아묵는데 아 저 할매가 느닷없이 그라데. 글을 배우고 싶다고. 내가 쌍욕을 했다 아이가. 인제 와서 글 배워 뭐 한다꼬. 안 그렇나. 배우는 게 좋기는 뭣이 좋아.

내가 딸 아홉에 아들 하나 낳을 때 저 할매가 아들만 여덟을 낳았는데 그중에 셋이 먼저 가뿟다. 새파랗게 젊을 때, 한 마흔 줄 됐을끼라. 하나는 사고로 가고, 하나는 암에 걸려서 가고, 제일 어린 놈은 자살했다. 그란데, 지 새끼들보다 곱절로 더 산 망구가, 당장 죽어도 미안해야 할 판에 글을 배운단다 아이가. 어데 가서 함부로 그런 말 하지 말라 캤다. 하고 싶으면 머리통으로 생각만 하지 뭐 한다꼬 입 밖으로 꺼내냐고. 무슨 좋은 소리 들을끼라고. 참 내가 니 맛도 내 맛도 아닌 국수 한 그릇 얻어묵고 와가 그날 소화가 안 되는 기라.

한 십 년 전인가? 나도 한글 배울라 캤지. 복지관에서 글을 가르쳐준다 캐서 이제나저제나 기다렸는데 안 하데. 와 안 하는교 물어본께네 신청하는 사람이 몇 안 된다 안카나. 내가 기가 차서. 야야, 저기 저 빨간 지붕 사는 할매도, 저 아래 파란 대문에 사는 영감도, 그 밑에 깜둥이 키우는 할매도 다 글을 몰라. 요 공동묘지 건너 아랫골에도 수두룩하다. 근데 와 신청을 안 하는고, 내가 물어본께 뭐라 카는지 아나? 넘사시럽단다. 자슥들이 하지 말라 캤단다. 나쁜 새끼들. 등골 휘가매 저거들 대학까지 다 보내놨드만 부모 한글도 못 배우게 하는 호래놈들! 넘사시러? 그 소리 들으니까 딱 배우기 싫어졌뿌데. 그래, 저승

사자가 소꿉친구일지도 모르는 나이에 글은 배워가 뭐하 긋노 싶고 그래가 고마 잊아뿟다.

근데 저 할매가 소리 소문 없이 자다가 갔네. 하루걸러 있는 일이라 놀랄 것도 아닌데, 할매 장례식에서 내가 얘기 하나를 들었다. 할매가 들춰 매고 댕기던 가방이 하나 있었거던. 그 초록색 천쪼가리 가방 있다. 그걸 열어보니께 한글책이랑 얼라들 쓰는 공책이 들어 있더란다. 큰 아들놈이 공책을 딱 펼쳤는데 거기에 막내아들 유서가 들어 있었단다, 유서가. 할매랑 막내랑 둘이 살고 있을 때였으니까 그 유서를 할매가 발견한 기라. 그걸 만다꼬 공책에 낑가놨겠노. 만다꼬 팔숨이 넘어가 한글 배울라 캤는지 내가 딱 감이 오는 기라. 편육이 모가지에 딱 걸리가 안 내리가데. 후딱 막걸리 한 사발 마셨더니만 살겠더라.

저 할매나 내나 한겨울에 갓난쟁이 둘러업고 개울가 얼음 깨사가 빨래하고 땡볕에 밭 매면서 대식구 건사하고 살았다. 그래 키워가 시집장가 보내노니 밭 팔아달라꼬 오고, 새끼 맡기러 오고, 이혼하고 오고, 좋은 일에는 한 번도 안 오더라. 무자식이 상팔잔기라.

내가 저 할마시 부러븐 게 뭔 줄 아나. 하고 싶은 게 있었다는 거. 지 이름을 쓰든지 아들 유서를 읽든지 간에 배

울라고 했다는 거. 밭도 그대로고 집도 그대로고 할 꺼야
많지. 할 꺼 말고 하고 싶은 거, 그게 없어. 오래 살까 봐
괴기도 안 묵어. 하루하루가 딱 감옥이라. 이게 딱 산송장
인 기라.

아이고, 비가 올란갑다. 털고 일어나야긋다. 쪼매 남았
네. 요거만 딱 마시고 일어나자. 젊어 좋겠다. 많이 배우
고, 하고 싶은 거 많이 하고, 신나게 살그라. 남 눈치도 보
지 말고 남 뒤치다꺼리나 하고 살지도 말고, 지가 하고 싶
은 걸 하고 살아야 되는 기라. 그게 사람인 기라. 젊어서
배워본 게 없으니께 나이 들어서 시작도 못 하거든. 우야
든동 니 꼴리는 대로 사는 게 좋은 기다.

안 오는 건지, 못 오는 건지, 오지 않는 사람아, 안타까
운 내 마음만 넘고 넘는다, 밤이 깊은 안동역에서.

노래가 인자 나오네. 야야, 비 온다. 들어가그라. 덕분
에 하루가 또 꾸역꾸역 잘 갔다.

가끔은
누구에게나
필요한 말

　　　　　　　　　　　자주 들어가는 인터넷 카페에
특이한 글이 올라왔다. 남편 생일인데 어려운 살림에 선
물할 형편이 못 되니 여기 공개하는 남편의 전화번호로
생일 축하한다는 문자를 보내달라는 내용이었다. 글 마
지막에 남편의 전화번호가 공개되어 있었다. 놀라운 것
은 그 전화번호로 문자를 보낸 사람이 수십 명이었다는
사실이다.

　글을 올린 여자는 그날 저녁 감사하다는 글을 다시 올렸
다. 남편이 아주 즐거워했다는 것이다. 그 뒤로 비슷한 글
이 카페 게시판에 심심찮게 올라왔다. 참 별일이 다 있다
고 생각했던 어느 날 특별한 사연을 만나게 되었다.

　사연 속 주인공의 누나라고 밝힌 여자는 남동생의 이

야기를 들려주었다. 경제적인 문제로 얼마 전 이혼한 남
동생이 매일 술만 마시고 삶의 의욕을 잃어가고 있다는
내용이었다. 채무를 변제하기 위해 대리운전까지 하며
투잡을 뛰었지만 결국 이혼에 이르렀다고, 마치 인생에
실패한 사람처럼 상실과 고통에서 벗어나지 못하는 동생
이 위험해 보인다고 했다. 그런 남동생에게 용기를 주는
문자를 보내달라고 부탁하는 누나의 글은 젖어 있었다.

　나는 씁쓸하게 글을 읽은 뒤 내 생활로 돌아왔다. 그런
데 다음 날도 그 다음 날도, 자꾸 그 사연이 머릿속에서
떠나지 않았다. 그의 아픔이 이해되었고, 나도 모르게 그
가 다시 일어서길 바라고 있었다. 그러나 마음속으로 바
라기만 하는 것은 아무런 힘이 없다는 것을 알고 있었다.
나는 도저히 그냥 있을 수가 없었다. 글을 본 지 일주일쯤
지났을 때, 나는 용기 내어 짧은 문자를 보냈다.

　당신은 좋은 사람입니다.

　한참 지난 새벽에 답장이 왔다.

　죄송한데 다시 한 번만 보내주시겠어요?

그는 내가 누군지 묻지 않았다. 그저 한 번 더 보내달라는 말만 남겼다. 그래서 더 가슴이 시렸다. 나는 같은 문자를 다시 보냈다.

당신은 좋은 사람입니다.

답장은 없었지만 자꾸 마음이 쓰여 한 번 더 보냈다. 세 번째 문자를 보내면서 나는 조금 울컥했다. 일면식도 없는 사람에게 보내는 말이지만 나 자신에게 하는 말 같았기 때문이다. 누가 내게도 그런 말을 해줬으면 좋겠다는 생각이 들었다. 가끔은 누구에게나 필요한 말일 테니까. 자존감이 바닥칠 때, 실패한 인생이라 생각될 때, 그런 한마디가 힘이 되기도 하니까.

며칠 뒤, 그 일을 완전히 잊고 지내던 어느 날 문자가 왔다. 제과점에서 사용할 수 있는 교환권이었다. 보낸 전화번호는 그가 맞는데 다른 말 없이 그냥 교환권만 온 것이었다. 그러나 구구절절 설명 따위 필요 없었다. 그에게 작은 힘이 된 게 틀림없었다. 그가 다시 힘을 낸 게 분명했다. 그렇게 믿은 나는 기쁜 마음으로 문자를 보냈다.

당신은 확실히 좋은 사람이군요!

　살다 보면 누구나 어려운 순간을 맞이한다. 모양새는
다르지만 숨이 턱까지 차서 하루도 더 살 수 없을 것 같은
순간들이 있다. 아무리 벗어나려고 발버둥 쳐도 힘이 달
리고, 누구에게도 말하지 못한 채 어둠 속에서 혼자 눈물
을 쏟아야 하는 순간들이 있다. 누군가에게 도와달라고
손을 내밀기도 두렵고, 누군가가 내민 손을 덥석 잡기도
두려운 순간들. 아침이 오는 것이 싫어서 잠 못 들고 몸부
림치는 고독한 새벽.

　사회적으로 인정받고 싶고 가정도 잘 이끌고 싶어 악
착같이 버티는 사람들이 병들고 있다. 그렇게 애쓰는 동
안 정작 자신을 돌보는 법을 잊어간다. 노력이 무시되고
결과가 나쁠 때 종종 삶의 의욕을 잃는 것이 사람이다. 모
두 내 탓인 것만 같고 도무지 쓸모없는 인간이 된 것 같을
때, 그때 필요한 것이 따뜻한 말 한마디가 아닐까.

　평범하지만 진심을 담은 말에는 쓰러진 마음을 일으켜
세우는 힘이 있다는 것을 새삼 깨달았다. 자신을 위로하
고 자신의 삶을 긍정하게 만드는 타인의 말이 있다.

당신은 좋은 사람입니다.

그것은 당신 잘못이 아닙니다.

군더더기 없이 담백한 그 말들을 반복해서 들으면 어느덧 자신이 진짜 괜찮은 사람일지도 모른다는 생각이 든다. 한 번 더 해보자는 생각도 든다. 내가 그랬고 그도 그랬을 것이다.

이 글을 읽고 있는 당신, 당신도 좋은 사람입니다. 그리고 그 일은 당신 잘못이 아닙니다.

겨울,
산골

문이 제대로 열리지 않는다. 현관문에 붙여놓은 문풍지가 얼었다.

가까스로 문을 밀치고 마당으로 나간다. 밤새 세상이 얼어버린 것일까. 서까래 아래로 날카롭고 투명한 고드름이 위엄을 떨치고 있다. 절구통 안에 활짝 피어 삶의 쉼표가 되어주었던 야생화는 앙상하게 동사했다. 사철 푸르다는 나무들도 푸른빛만 간직한 채 부질없이 얼어가고 있다. 늘어진 현악기처럼 노곤하게 흐르던 벽계수 소리가 끊겼다. 인적 없는 산골에서 유일한 동무였던 새들은 어디로 갔을까. 멧부리는 온통 얼음 천지겠지. 아무런 기척도 없는 아득한 산마루에 서니 얼음왕국이 따로 없다.

이제는 따뜻한 사랑도 연민도, 뜨거운 분노나 증오도

없다. 관계의 무력. 그것이 원인이다. 그 원인의 원인은 반복되는 상처였다. 어떤 관계도 처음과 같지 않으며 온전히 아름다울 수만은 없다는 자각. 전혀 다른 대상이 같은 상처를 주기도 하는 보편적 관계의 허무. 사랑하는 마음도 미워하는 마음도 의도적으로 태우거나 얼릴 수 없는 인간 심리의 나약함. 수많은 관계 속에서 받은 상처와 상처가 불러들인 그러한 깨달음으로 인해 내 심장은 얼음 속에 갇혀버렸다. 어쩌면 이 얼음왕국이 내게 가장 어울리는 곳이 아닌가 싶다. 세상은 차갑고 나는 그에 질세라 냉정하다.

푸다닥.

반가운 까마귀 한 마리가 어디 숨었다가 사부랑삽작 몸을 턴다. 우두둑 떨어지는 눈송이가 멈추지 않을 계절을 알린다. 얼어버린 나뭇가지가 동살을 받아 외로운 노인의 눈물처럼 반짝 빛난다. 어젯밤 고라니 몫으로 던져놓은 음식이 그대로다. 두려움에 떨게 했던 멧돼지 소리도 며칠째 듣지 못했다. 모든 생명이 움츠려 차가움을 경계하는 겨울, 아무도 찾지 않는 곳에 나는 스스로를 유폐했다.

바닷가에 살다 산기슭으로 들어와 땅을 일구고, 나무를 치고, 열매를 땄다. 산짐승을 경계하여 말뚝을 박고 그물망을 둘렀다. 봄에는 낡은 집의 지천에 만물이 소생했다. 여름에는 정글처럼 무성해지는 나무를 치느라 땀을 흘렸다. 절경을 선사한 가을에는 나무 아래 서 있기만 해도 머리 위로 툭, 먹거리가 떨어지는 풍요로움을 맛보았다. 그리고 겨울이 왔다. 짐작보다 훨씬 차가운 산골의 겨울은 모든 것을 멈추게 했다.

나이가 들면 저절로 따뜻해질 줄 알았다. 중년이라는 이름이 가져다줄 혜안과 평안을 고대했다. '이 또한 지나가리라'라는 기도문 같은 문장이 답이 되길 바라며 순순히 세월만 받아들이면 되는 줄 알았다. 사계절이 쉼 없이 바뀌듯 생의 계절도 멈추지 않는다는 것을 깨닫지 못했다. 언젠가는 봄이 계속되리란 착각, 이보다 더 추운 겨울은 없으리란 헛된 바람에 추하고 고단하게 늙어가고 있는 건 아닌지 모르겠다.

젊어 방황했던 많은 시간은 중년의 불안을 키웠고, 불의와 타협하지 않으려 했던 뜨거운 가슴은 외로움만을 남겼다. 활활 타올랐던 청춘의 사랑으로 가슴팍에 묻힌 피는 아직 지혈조차 되지 않았다. 넘어지고 깨지면서 고집스럽게 끌고 왔던 꿈은 결국 가난을 업고 왔다. 생의 절반쯤 와 보니, 혼자 온 것은 아무것도 없었다.

까마귀는 다시 오지 않을 모양이다. 얼음 지붕을 이고 있는 내 집 안에 다시 발을 들인다. 오래된 난로가 이 집에서 유일한 뜨거움이다. 책상 앞에 앉아 꿈을 소환한다. 이보다 더 춥고, 이보다 더 가난해도 지금껏 함께했으니 힘들어도 외면할 수 없다.

노트를 펼친다. 숱한 메모로 가득한 종이 하나하나가 모두 애끓는 나의 꿈이다. 쓰다 만 한 편의 작품이 내 손을 붙잡는다. 문학은 가엾고 나는 아프다. 얼었던 몸이 녹는지 가슴팍이 욱신욱신하다.

꿈이 가난을 몰고 오지는 않았을 것이다. 때를 기다리는 하이에나처럼 배고픔이 절박하지 않았는지도 모른다. 나를 차갑게 만든 관계의 무력은 소원함이 아닌 기다림이었을까. 봄이면 지천에 파릇파릇 오르는 나물들이 지금 꽁꽁 얼어버린 토양 아래서 제 몫을 준비하고 있을 터인데, 어찌 보이지 않는다고 죽음과 같을까.

이 겨울이 끝나고 나의 얼음왕국이 사라지면 봄을 알리는 소리에 귀를 기울여보아야겠다. 은밀하고 깊은 곳에서 새 삶을 거듭 끌어내는 봄의 생명과 직면하여 일정 기간 유폐되었던 소감을 나누고 싶다.

꿈은 결국 가난을 업고 왔다
좋은 것도 나쁜 것도
전부 내가 가지고 온 것이었다
생의 절반쯤 돌아보니
혼자 온 것은 아무것도 없었다

살았으니 사는 건데

이왕이면

잘 살고 싶어서

사람들은 너무 극단적이다.
양단간에 명확한 답을 얻으려고만 한다. 행복한지 불행
한지 분별하려 하고, 사랑하는지 안 하는지에 대해 질문
한다. 선택에 대해 옳고 그름을 판단하려 애쓰고, 답이 맞
는지 틀리는지 결과를 알고 싶어 한다. 삶이 그토록 간단
하다면 얼마나 좋을까.

　엉키고 설켜서 어디서부터 시작된 건지 알 수 없고 너
무 복잡해서 눈자위가 빙빙 도는 큐브 같은 것이 삶인데,
마치 x만 알아내면 성공하는 방정식 문제처럼 쉽고 간단
하게 삶을 단정하고 싶어 한다. 거미줄 같은, 복잡하지만
단단한 무엇이 한 번 쓸고 지나가면 무너져버리는 거미
줄 같은, 그런 인생을 두고 말이다.

나는 행복하지도 불행하지도 않다. 행복하다고 말하기엔 너무 가진 게 없어 때론 서글프고 비참하지만, 불행하다고 말하기엔 서글프고 비참함을 무릅쓰고 살아가는 내가 대견하다. 그러니까 나는 행복하지도 불행하지도 않다. 행복하지도 불행하지도 않기 때문에 양쪽 모두에 문이 열려 있고 언젠가 어느 쪽으로도 갈 수 있을 것이다. 어쩌면 그 상태가 가장 이상적이지 않을까 싶기도 하다.

매일 아침 눈을 뜨면 제일 먼저 드는 생각이 있다.

'어? 오늘도 살았네?'

그 생각에 묻은 진심이 행복인지 불행인지 잘 모르겠다. 살았으니 사는 건데, 살아야 하니까 이왕이면 잘 살고 싶다. 먹을 것이 있으면 다행이고, 없으면 식량을 사러 하산할 핑계가 생겨서 그것도 나쁘지 않다. 라면을 먹을 때 김치가 있으면 다행이고, 없으면 나트륨을 덜 섭취하니 그것도 좋다. 지긋지긋한 빚을 다 갚으면 좋겠지만 빚 때문에 더 악착같이 살고 있으니까 어쩌면 그것도 나쁘다고만 할 수는 없다.

가만 생각해보니 결국 긍정의 효과인 듯싶지만, 나는 그리 긍정적인 사람은 아니다. 나는 중학교에 다닐 적부터 자살하겠다는 말을 달고 살았다. 매우 비관적이었고, 불평불만에 가득 찬 위태로운 인간이었다. 그건 학창 시절의 이야기만은 아니다. 성인이 되어서도 마찬가지였다. 지금도 비관주의자나 염세주의자에 더 가깝다고 생각하지만, 그런 태도가 긍정적인 사람이랑 다르지 않다는 것을 최근에 알게 되었다.

나처럼 삶의 허무함에 고뇌하고, 자존감과 열정이 무너진 사람이 아침을 대하는 태도는 '오늘도 살아야 하네?'다. 범사에 감사하고 살아 있음이 행복한 긍정적인 사람이 아침을 대하는 태도는 '오늘도 열심히 살아야지!'다. 살았다는 의미가 한숨과 함께하든, 기쁨과 함께하든, 오늘을 또 살게 되었다는 것을 매번 인식하는 사람은 그 두 종류다. 물음표와 느낌표. 그 둘의 차이. 뒤집어 생각하면, 물음표를 많이 던지는 사람과 느낌표를 많이 던지는 사람 중 어느 쪽의 삶이 더 깊을까. 왜 마침표나 느낌표를 찍으며 살려고 할까. 왜 의문형으로 두면 안 되는 걸까. 어차피 탄생과 죽음 모두 의문인데. 삶 자체가 의문인데.

사랑하는 연인이나 배우자에게 나를 사랑하느냐는 질문은 하지 말아야 한다. 두 가지 대답 중 어느 한 가지는 거짓말일 테니. 사랑한다는 말도 사랑하지 않는다는 말도 매 순간 진실이지는 않다. 웃고 있는 사람에게 행복하냐고 묻지 말아야 한다. 울고 있는 사람에게 불행하냐고 물을 용기가 없거든, 행복하냐고도 묻지 말라는 말이다. 웃고 있는 얼굴이 항상 행복을 반영하지는 않기에. 억지로 웃고 있는 사람을 굳이 울릴 필요는 없으므로.

76억의 얼굴에서 행복과 불행의 표정을 판단하는 건 신도 하지 못할 일이다. 대답하는 쪽도 자신의 대답을 신뢰할 수 없기는 마찬가지일 것이다. 방정식 x의 값처럼 확신할 수도, 채점할 수도 없는 것이니까. 행복과 불행이, 삶이 그런 거니까.

내가 아는 여인이 자신은 단 한 번도 행복한 적이 없었다고 말했다. 내가 물었다.

"행복해지고 싶어?"

그녀가 대답했다.

"당연하지!"

나는 골똘히 생각하다가 다시 물었다.

"한 번도 행복한 적이 없는데 행복이 뭔지는 알고 바라는 거야?"

그녀는 당황하면서 대답하지 못했다. 아마 그녀도 행

복했던 적이 있으므로 행복하길 바랄 것이다. 한참 뒤에 그녀가 물었다.

"그럼 넌 행복해지고 싶지 않아?"

나는 내가 정말 원하는 것을 말해주었다. 나는 지금보다 더 불행해지지만 않았으면 좋겠다고. 지금이 바닥이니 아마 더 나빠질 일은 없을 거라고. 굳이 행복과 불행으로 말하자면, 나는 행복해질 일만 남은 것 같다고. 내 말을 들은 그녀가 조그맣게 웃으며 말했다.

"그건 맞아!"

배고픔,

서글픔

        비바람에 인터넷이 끊겨서 난 감했다. 산골이라 자주 있는 일이지만 서비스 신청을 해도 항상 늑장이다. 빨리 복구해달라는 부탁만 남긴 채 무작정 기다려야 한다.

  점심시간이 지날 무렵 기사님이 왔다. 아니, 이미 높은 곳에 올라가 있다. 삼십 분을 전봇대 위에서 낑낑, 아래에서 낑낑대던 기사님은 이윽고 한숨을 푹 쉬면서 마당으로 들어섰다.

  "이제 될 겁니다."

  집 안에 인터넷 신호가 들어오는 걸 확인한 기사님이 장갑을 벗으며 말했다.

  "태풍 때문에 너무 바쁘네요. 오늘 밥은 다 먹었네."

밥?

그 단어에 갑자기 가슴이 싸해졌다.

밥을 못 먹는다고?

내 머릿속은 이미 부엌에 있는 식량들을 기억해내고 있었다. 주인장이 두문불출하는 집에 대단한 요깃거리가 있을 리 없다. 나는 재빨리 부엌으로 들어가 싱크대 여기 저기를 뒤졌다. 처박아놓았던 까만 봉지를 펼쳐서 두유 두 팩과 곰보빵, 빠다코코낫 등을 집어넣고 대문을 박차고 달려갔다.

다행히 운전석에 앉아 다음 방문지를 확인하던 기사님이 놀란 눈으로 쳐다본다. 서비스 신청을 하면 평소 두 사람이 방문하기에 두유를 두 팩 챙겼는데 혼자다.

"밥을 못 먹는다고 하셔서…… 배고플 때 드세요……."

봉지를 받아든 그의 얼굴이 느닷없이 감동했을 때의 표정이다.

"아이고…… 아이고……. 정말 고맙습니다."

아이고, 를 두 번 하는 사람에게 내 작은 성의가 큰 위로가 되었다는 것을 느낄 수 있었다.

나는 밥에 좀 민감하다. 어떤 이유로든 밥을 먹지 못한다는 것은 그냥 그 사실만으로 어딘가에 통증이 온다. 돈한 푼 없이, 심지어 빚을 진 채 산골에 들어오면서 배곯는 날이 많았다. 반찬이 없어서 물에 만 맨밥만 며칠째 먹기도 했고, 유일한 가족인 반려견 장군이의 사료를 살 돈이 없어서 내 밥을 나눠 먹기도 했다. 쌀이 한 컵 남았을 때는 냄비에 물을 넣고 끓여서 두세 배로 양을 불렸다. 이웃에서 가져다주는 김치나 밑반찬이 눈물 나게 고마웠고, 지인들이 보내주는 라면과 스팸이 너무나 소중했다. 요즘 세상에 그렇게 사는 사람도 있냐고 하겠지만 그렇게 살아야 하는 사람도 있다. 살기 위한, 내 인생 마지막 선택이었다.

못 먹어서 서러운 건 사람만이 아니다. 목에 피고름을 매달고 다니던 옆집 개도 우리 집 앞에 와서 낑낑대면 장군이 사료를 덜어주었다. 학원 강사로 일할 때 오백 원짜리 컵볶이로 하루 배를 채우던 아이들을 위해 내 도시락을 여러 개 싸 가기도 했다.

바빠서 못 먹든 돈이 없어서 못 먹든, 밥을 못 먹는 건 서글픈 일이다. 언제부턴가 '밥'이라는 짧은 단어에 너무 많은 감정이 스미고 있다. 나이가 드는 모양이다. 대한민국 모든 국민이 잘 살지는 못해도 제발 굶지만은 않았으면 좋겠다.

소음의
정체

쟁그랑. 우당탕. 왈왈.

또 시작이다. 자정이 다 된 시각, 잊을 만하면 한 번씩 동네가 시끄러운 난장이 된다. 양은 세숫대야나 냄비 같은 것이 서로 부딪치며 내는 소리, 묵직한 플라스틱 같은 것들이 부서지는 소리, 인위적인 소리와 함께 시작되는 개 짖는 소리. 적막한 산야에 울려 퍼지는 소음. 두려움에 몸부림치는 약자들의 시끄러움. 소음의 정체를 알게 된 건 작년 가을 녘이었다.

텃밭의 고추를 따다 말고 숫제 고춧대를 몽땅 뽑아버렸다. 혼자서 하나하나 따기엔 고되기도 할뿐더러 소비되는 시간이 아까웠다. 어차피 다시 개간할 밭이었다. 실한 고추가 대롱대롱 매달린 고춧대를 텃밭 한쪽에 가지런히 쌓았다. 땡볕의 기운이 다할 무렵, 앉은뱅이 의자에 무거운 엉덩이를 걸치고 앉았다. 평소 즐겨 듣는 음악을 틀어놓고 목장갑을 꼈다. 작업하기에 안성맞춤인 환경이 마련되었다.

커다란 소쿠리 한쪽엔 덜 익은 고추를 담고, 다른 한쪽엔 붉게 익은 고추를 담았다. 소쿠리가 가득 차니 신호등 같다. 풋고추는 당분간 식욕을 달래게 할 것이고, 붉은 고추는 가을볕에서 오래도록 쉬어야 한다. 풋고추는 통째 된 장에 발릴 테고, 붉은 고추는 가루가 되고 말 운명이다. 한 씨앗에서 태어나고 한 줄기에서 자란 고추도 저리 팔자가 다르다. 역시 모든 생은 끝까지 가봐야 아는 건가 보다.

노곤한 가을바람에 음악을 들으며 기계처럼 고추를 땄다. 한동안 고춧대 더미 옆에서 킁킁 냄새를 맡던 장군이는 어느새 잠이 들었다. 소쿠리 위로 이른 낙엽 하나가 떨어지니 완벽한 신호등이 되었다. 내 인생은 지금 낙엽 같은 색깔일지 모른다는 상념에 젖었다. 푸른빛도 붉은빛도 아닌, 갈림길에 선 색깔. 다음번엔 빨간불이 들어올까, 파란불이 들어올까. 설령 빨간불이 들어와도 기다리면 불은 바뀌기 마련이다.

영원히 멈춰야 하는 도로는 없다고 믿는다. 막다른 길

에 닿으면 돌아 나오면 되니까. 유턴하든 후진하든, 시간이 걸릴 뿐 다시 달리면 그만이다. 나는 지금 산골에서 고추나 따고 있지만, 현재 나의 길은 숲속에 머물러 있지만, 훗날 내가 달리게 될 길이 아우토반이 아닐 거라고 누구도 단정할 수 없다. 쌓여가는 고추와 함께 막연한 미래에 대한 불안과 연민도 쌓여갔다.

날이 어둑해져도 일은 끝나지 않았다. 마당에 불을 밝히고 다시 궁둥이를 붙였다. 시작한 일은 끝내고야 마는 고집이 또 동했다. 스피커는 들었던 노래를 반복해서 재생했다.

잠에서 깬 장군이가 밥 달라고 애교를 떨었다. 사료를 가지러 집 안으로 들어갔다가 나오니 장군이 행동이 좀 수상했다. 텃밭과 이어진 산 쪽을 물끄러미 주시하고 있었다. 꼬리를 치켜세운 모습이 여간 심상치 않았다. 이미 날이 어두워 사람 눈에는 당최 아무것도 보이지 않으니 까닭을 알 길이 없었다. 고양이나 고라니를 보았을까. 불러도 오지 않아 긴장되었다. 그때였다.

장군이가 바람처럼 달려가더니 산 위를 향해 맹렬히 짖었다. 발을 동동거리며 몸을 부르르 떨었다. 목을 쭉 늘이고 우렁찬 소리로 긴박하게 짖었다. 하울링까지 섞어 가며 흥분하기 시작했다. 함께 산 칠 년 동안 그런 모습은 처음이었다. 아주 얌전하고 훈련이 잘된 녀석이었다. 장군이가 주시하고 있는 쪽으로 가서 플래시를 비췄다. 역광을 뿜는 날카로운 눈빛 두 개가 번뜩였다.

"장군아, 뛰어!"

내가 무섭게 소리 지르며 내달리자 눈치 빠른 장군이도 부리나케 뒤따라왔다. 산속에서 끄억끄억 멧돼지 소리가 났다. 집 안으로 들어와 동태를 살폈다. 설마 마당까지 내려오는 건 아닐까 싶어 심장이 달음박질쳤다.

쟁그랑. 우당탕. 왈왈.

그때 그 소리를 다시 들었다. 나는 우리 집보다 지대가 낮은 옆집을 내려다보았다. 옆집 할머니가 마당에 있는 모든 집기를 동원해서 소음을 내고 있었다. 할머니는 찌그러진 냄비 두 개를 들고 연주하듯 부딪쳐 쇳소리를 냈다. 알고 보니 인가로 내려온 멧돼지를 쫓기 위한 방책이었다. 세숫대야를 걷어차는 할머니의 부산함을 보고 있자니 공포 속에서도 웃음이 났다. 온 동네 개들도 합세하여 목소리를 높였다. 알고 보면 모든 소리에는 다 이유가 있는 거였다.

다음 날, 나는 마당 한편에 못 쓰는 프라이팬 두 개를
내다 놓았다.

한 번에,
고통 없이

　　　　　　　모기가 목을 물었다. 가려움
을 참지 못해 긁다 보니 시나브로 발갛게 부어올랐다. 산
속 모기는 까만 전투복을 입은 무시무시한 놈들이다. 하
필 목을 물어 괜한 걱정이 앞선다. 혹시 악몽을 꾸지는 않
을까 싶어서다. 목이 갑갑하거나 목에 문제가 있어 신경
을 쓰게 되는 날에는 꼭 악몽을 꾸었다. 그것도 아주 잔인
하게 단두대에 목을 내놓는 장면이니 오늘 밤 심히 잠들
지 못할 것 같다.

　누군가 내 목을 끌어다가 단두대에 걸쳐놓는다. 공포
에 질린 나는 소리를 지르며 발버둥 치지만 그의 손아귀
에서 벗어날 수가 없다. 그는 내 손발을 묶어놓고 오줌을
지리는 나의 공포를 웃으며 바라본다. 인간의 죄책감을

덜어줄 백정 기계, 단두대의 칼날이 때를 기다리며 내 목을 주시하고 있다. 그가 손을 한 번 까딱하면 내 몸은 두 조각으로 빠개질 것이다. 나는 고통스럽고, 또한 애절하게 그에게 부탁한다.

"제발, 살려줘……."

단두대의 역사는 프랑스에서 시작되었다. 목을 잘라 처형했던 단두대의 칼날은 애초 반달 모양이었다. 루이 16세가 반달 모양을 일자형으로 바꾸라 지시했는데, 칼날이 반달 모양이면 목뼈에 걸릴 수 있으므로 피형자가 고통스럽게 죽어갈 수 있다는 판단이었다. 고통 없는 죽음이 어디 있으며, 단번에 고통 없이 죽이는 것이 죽이는 자의 배려란 것인가. 그 배려 깊은 단두대는 세계 각국에 수출되었고, 그것을 가장 잔인하게 사용한 사람이 있었다.

히틀러는 피형자가 똑바로 누워 칼날을 바라보도록 설계한 단두대로 일만 육천 명이 넘는 사람들을 죽였다. 프랑스에서 제작된 배려 깊은 단두대는 얼굴이 아래를 향하도록 되어 있었는데, 히틀러의 그것은 단두대 높이를 낮게 하여 똑바로 눕게끔 개작한 것이었다. 옥죄어오는 죽음의 공포, 자신의 목을 벨 번뜩이는 칼날을 바라보는 피형자의 얼굴을 즐긴 히틀러는 희대의 사이코패스였다.

인간이라면 응당 공포에 떨거나 두려움에 젖은 타인을 보며 공감하고 괴로워하는 것이 인지상정인데 오히려 쾌감을 느낀다면 그 사람은 영락없는 인격장애, 괴물과 다르지 않다.

지천에 꽃이 흐드러진, 비 내리는 오월이었다. 그는 내 얼굴을 똑바로 응시하며 양손으로 내 목을 졸랐다. 만취하여 심신미약 상태였다고 변호했지만 용서받을 수 없는 행동이었다. 나는 발버둥 치며 그의 손아귀에서 벗어나기 위해 안간힘을 썼다. 내가 격렬하게 반항하자 그는 왼손으로 나의 두 손목을 한꺼번에 움켜쥐고 오른손으로 내 목을 힘껏 눌렀다. 그날 내 얼굴이 공포에 질려 있었다면, 내가 본 그의 표정은 눈코입이 붕괴해버린 괴물이었다. 나는 히틀러가 수없이 지었을 잔인한 표정을 그를 통해 생생하게 보았다. 그날 그의 손은 내 영혼의 목을 친 단두대의 칼날이었다.

나는 이제 예쁜 목걸이를 하지도, 터틀넥 스웨터를 입지도 않는다. 목에 닿는 그 어떤 이물질도 용납할 수 없을 만큼 예민해졌다. 봄날 가벼운 스카프를 두르고 산책하고 온 날에도, 한겨울 빨간 목도리를 하고 외출한 날에도 어김없이 악몽을 꾸었다. 목이 잘려나가거나 잘려나가기 직전에 꿈에서 깨어나면 거친 숨을 토해내며 더듬더듬 목을 찾았다. 양손으로 목을 매만져 무탈하게 붙어 있는 것을 확인하면 하염없이 울음이 쏟아졌다. 목에서 쇳소리가 날 때까지 울부짖으면 이제 그만 울라는 듯 옆집 수탉이 대신 울고 동이 텄다. 기억을 자르는 단두대가 있다면 기꺼이 피형자가 되리만큼 나는 악몽에서 벗어나고 싶었다.

목은 사람의 몸과 머리를 가르는 중심이다. 육체와 정신의 갈림길이자 그것을 연결해주는 생명줄이기도 하다. 그래서인지 목을 대상으로 한 관용어에는 서글픔이 많다. 누군가를 상실한 자는 목 놓아 울거나 오지 않는 이를 목이 빠지게 기다리기도 한다. 살다 보면 비통한 소식에 목이 메기도 하고, 여러 식솔을 거느린 중년의 가장은 직장에서 목이 날아갈까 전전긍긍한다. 잃어버린 나라를 되찾기 위해 얼마나 많은 열사가 목을 걸고 독립을 외쳤던가. 목은 곧 자존심이고 생명인 것이다.

목이 길어 슬픈 짐승이 비단 사슴뿐이겠는가. 내가 대학에 입학했을 때 아버지가 금목걸이를 선물했다. 언니는 손가락이 예뻐서 반지를 사 주었었는데 너는 목이 가

늘고 기니까 목걸이를 샀다며 내 목에 직접 걸어주었다. 어쩌나, 그 목걸이를 이제는 할 수가 없는데. 나는 정말 목이 길어 슬픈 짐승이 되어버린 건지도 모르겠다.

그의 칼날에 내 영혼은 이슬이 되었다. 한동안 돌봄 없이 방치된 내 존재는 잉여였다. 구새 먹은 신체에는 허한 바람과 찌꺼기가 나뒹굴고 구더기가 들끓기도 했다. 그 틈서리를 타 사악한 영혼들이 앞다투어 몸을 지배하려 했다. 증오란 또 다른 단두대였다. 그의 인생 어디쯤 날카로운 덫을 놓아볼까. 그의 목이 단두대에 오르는 것을 보고 말리라. 무섭고 잔인한 증오의 칼날이 희번덕 내 안에 자생하고 있었다. 그곳에 오래 서 있을 수 없었다.

그날의 단두대 앞을 서성이며 피로 칠갑 된 현장을 더듬으며 찢어진 내 영혼을 주워 모으기 시작했다. 오늘은 한 걸음, 내일은 두 걸음, 어떤 날은 소름이 끼쳐 한 걸음도 움직이지 못했으니 영혼을 모두 되찾는 데는 꽤 오랜 시간이 걸렸다. 어렵사리 찾아온 가여운 조각들을 누덕누덕 깁고 덧붙였지만 쓸 만하게 되기까진 세월이 필요했다. 그와 함께한 칠 년의 부분만 도려내고 싶었지만 가혹하게도 그 기억마저 함께 기워야 했다. 그래야 온전한 내가 되는 것이었다.

다시 영혼을 되찾은 신체는 합일하는 단계에 왔다. 기워서 해진 부분에 영양분을 주기 위해 부지런히 책을 읽고 글을 쓴다. 오직 나를 위해 고등어를 굽고 잠을 자고 일어나는 시각에 강박을 갖지도 않는다. 온천물에 발 담가 냉기를 없애듯 나르시시즘 속에 영혼을 담금질하기도 한다. 서서히 영혼에 살이 올랐는지 이제는 더러 웃기도 한다. 그의 손에 붙들린 건 목이었지만 잘린 것은 영혼이니 다행이지 싶을 정도가 되었다.

영혼을 잃었을 때는 모기가 물든, 파리가 내려앉아 알을 까든 저항하지 않았다. 지금은 다르다. 비록 누더기가 되어버린 영혼일지라도 걸치고 있는 것이 어딘가.

내 가여운 목에서 피를 뽑은 죄를 달게 물어야겠다. 단두대 대신 파리채가 제격이다. 방금 내 목을 문 용의자가 어디선가 겁도 없이 앵앵거린다. 오늘 밤 악몽에 시달릴지도 모를 죗값까지 물어 너는 사형이다. 파리채를 단단히 붙잡고 때를 기다린다. 한 번에 고통 없이 보내주는, 죽이는 자의 배려는 마땅히 애써보겠다.

아 버 지 의

꽁 치 찌 개

　　　　　　　아버지는 혼자다. 혼자 당신
의 고향으로 갔다. 아버지는 시골 외딴 주택에서 혼자 불
을 켜고, 혼자 밥을 먹고, 혼자 잠을 잔다. 구석에 숨어 있
는 빈 소주병을 보아하니 혼자 먹는 게 밥만은 아닌 모양
이었다. 아버지의 집을 찾아간 건 그때가 처음이었다. 당
뇨 합병증으로 왼쪽 눈의 시력을 잃어가고 있다는 비보
를 접한 직후였다. 지금이 아니면 후회할 것 같았다.

　아버지는 우두커니 나를 기다리고 있었다. 그런 아버
지의 눈을 쳐다보는 게 두려웠다. 내 마음을 눈치 못 챈
아버지는 대화에 목말랐던 사람처럼 이야기를 쏟아냈고,
나는 가만히 아버지의 말벗이 되었다.

　시간이 흐른 뒤 저녁을 먹고 가라는 아버지를 뿌리칠

수 없었다. 외식을 제안한 내게 아버지는 선뜻 당신이 차려주겠다고 했다. 아버지가 주섬주섬 자리를 털고 일어났다.

냉장고 문을 열고 두리번거리던 아버지가 몇 가지 재료를 꺼내 조리를 시작했다. 꽁치를 넣어 찌개를 끓이고, 코끼리조개라는 생소한 해산물을 데쳤다. 김치와 소박한 반찬을 쟁반에 담아 방으로 옮기는 아버지를 바라보았다. 낯선 모습이었다. 이런 날은 어린 딸처럼 그저 받아먹는 것이 좋을 듯싶어 나는 가만히 앉아만 있었다. 아버지는 새 이불을 접어 방석 대신 깔아주었다.

아버지의 밥상은 조촐했다. 태어나 처음 받는 늙은 아비의 밥상 앞에서 딸은 묵묵히 수저를 들 뿐이었다. 아버지는 당신의 국그릇에 있던 꽁치살을 발라 마흔이 넘은 딸의 그릇에 옮겨놓았다. 주름지고 투박한 손이 부지런히 내 그릇에 음식을 날랐다. 흐릿한 시야에 집중하며 그릇 사이를 횡단하는 아버지의 숟가락은 불안하게 떨렸다. 나는 아버지가 옮겨놓은 꽁치를 꼭꼭 씹었다. 아버지의 살을 씹는 것 같았다.

한술 뜨던 아버지가 소주병을 들고 왔다. 딸이 왔다는 핑계로 또 한잔할 셈이었다. 아버지는 소주 한 잔을 쭉 들이켰다. 그리고 삼십 분을 떠들었다. 아버지가 소주 한 잔을 마실 때마다 주름진 아버지의 목울대가 심하게 비틀렸다. 술잔에 무엇을 담아 삼키기에 목울대가 저리도 힘겨워할까. 나는 말없이 꽁치만 씹었다. 아버지의 살만 꼭꼭 씹었다.

아버지는 심중에 죽음을 안고 있었다. 아버지의 형님이 요절하셨고, 아버지의 부모가 짧은 천수를 누린 것으로 보아 당신의 생도 그리 오래 남진 않았을 거라고 했다. 아버지는 언제 저리 늙었을까. 맨손으로 도둑놈을 때려 잡던 아버지는 어디로 갔을까. 속절없이 늙어버린 아버지는 또한 늙어가는 딸과 마주 앉아 회한과 체념을 술잔에 따랐다. 아버지의 목울대로 아버지의 인생이 꾸역꾸역 넘어갔다.

누구에게도 이해받거나 위로받지 못했던 아버지의 외로움이 아집으로 쌓이는 동안 아내와 자식들은 멀어져갔다. 그 시절 아버지의 전형, 가부장과 권위를 앞세우고 살았던 가장들의 쓸쓸한 노년이 내 아비에게 닥친 것이다. 그렇게 만든 건 자식인 내게도 일부 책임이 있었다. 아버지의 죽음마저 전형적으로 만들지 말아야겠다는 늦은 효심이 꽁치살과 함께 목구멍으로 넘어왔다.

이만 가야겠다며 일어섰다가 현관 앞에서 주춤거렸다. 내가 가고 나면 헛헛해질 아버지의 밤이 자꾸만 발길을 붙들었다. 나를 대신해줄 뭐라도 남기고 가야 할 것 같았다. 낡은 가방 속에 든 가난한 지갑이 머릿속을 스쳐갔다. 지갑에 든 십만 원. 달포는 먹고살 생활비였다.

한참 갈등하는 사이에 아까 삼킨 효심이 식도를 타고 역주행했다. 벌써 소화되었을 리 만무할 터. '전형적인 자식이 되지 말자.' 나는 아버지에게 마당이 어두우니 나가서 불을 켜달라고 부탁했다. 아버지는 현관문을 열었고 나는 지갑을 열었다. 아버지 베갯머리 옆에 십만 원을 가지런히 놓고 나왔다. 그제야 명치에 걸렸던 아버지의 꽁치찌개가 소화되는 느낌이었다.

아버지는 대문 앞에서 멀리 배웅하지 못했다. 주차해둔 차를 타고 와서 대문 앞에 세워놓고 동그마니 선 아버지를 바라보았다. 아버지가 손을 흔들었다. 나도 손을 흔들었다. 조금 과장되게, 아버지가 보지 못할까 봐 온 힘을 다해서 흔들었다. 아버지가 보았을까. 내 손에 담긴 위로와 응원도 읽었을까. 산골짜기에서 혼자 늙어가는 딸내미에게도 응원이 필요했다는 것을 알기나 했을까.

백미러에 비친 아버지는 점점 어둠과 하나가 되었다. 언젠가 영원히 어둠 속으로 사라질 아버지, 어쩌다 쓸쓸히 늙어버린 한 남자가 아득히 멀어져 갔다.

사 는 것 도
죽 는 것 도
다 희 망 이 기 에

　　　　　　운동화 끈이 풀렸다. 운동 삼
아 산책을 나서면 어느 순간 왼쪽 운동화 끈이 자꾸 풀린
다. 달리기 선수처럼 한쪽 무릎을 세운 채 쪼그리고 앉아
매듭을 두른 뒤 힘껏 조여 맨다. 다시 일어나 걸으니 제법
단단한 것이 믿음이 간다. 내친김에 머리카락을 풀어헤
친다. 손가락으로 야무지게 솎아 끈으로 두어 번 다시 둘
러맨다. 머리끈과 운동화 끈만 풀리지 않는다면 충분히
산책에만 집중할 수 있을 것이다.
　한참 걸었더니 몸에 열이 오른다. 샤워를 하려고 옷을
벗는다. 브래지어 라인 사이로 땀이 송골 맺혀 있다. 이것
은 수십 년 동안 내 심장을 옥죄고 있는 끈이다. 첫사랑에
쿵쾅대던 때에는 상대에게 들키지 않도록 눈치껏 붙들어

주었고, 상처와 시련에 찢어질 듯 괴로웠을 때는 지혈이 되도록 도왔을 이 짧은 끈. 나이가 들수록 답답하고 귀찮지만, 몸에 없으면 또 허전한 애증의 끈. 샤워할 때에야 비로소 내 심장은 끈에서 벗어난다.

샤워하고 나른해진 몸을 아랫목에 눕는다. 전해지는 온기가 엄마 품처럼 편안하다. 이불을 머리끝까지 뒤집어쓰고 태아처럼 몸을 만다. 스르륵 소리 없이 다가오는 기분 좋은 낮잠. 나는 어느새 엄마의 자궁 속에 들어앉았다. 중력이 없는 자궁 속에서 나는 어떤 자극도 받지 않고 부유한다. 오직 하나의 끈에 의지해 나는 살아 있으며 살아간다. 이 끈이 끊어지는 날 비로소 세상의 모든 이물질을 견디며 살아야 하는 날이 올 것이다. 세상 밖으로 나가고 싶지 않다. 엄마와 이어진 끈을 끊고 싶지 않다. 혼자가 되어 살아갈 자신이 없다.

잠에서 깨어 아랫배를 쓰다듬어본다. 움푹 팬 작은 구멍만이 내가 엄마와 하나였다는 증거다. 더 무엇도 받아들이지 못하는 구멍. 끊어져버린 끈의 상흔. 내가 자궁에서 엄마와 공유하던 끈은 끊어졌으나 보이지 않는 다른 끈이 생겼다. 더욱더 단단하고, 아무나 끊을 수 없으며, 영원할.

한때 우람한 나무만 보면 드는 생각이 있었다.

목매달기 참 좋은 나무다…….

사람들은 그 나무 아래에서 사진을 찍고 도란도란 점심을 먹었지만, 나는 나무에 매달린 끈을 상상하며 생의 끈을 놓는 희열에 젖곤 했다. 마지막 남은 끈을 끊어야만 모든 번뇌에서 벗어날 수 있으리라 생각했다.

사무엘 베케트의 희곡 《고도를 기다리며》에는 희망적인 미래를 지향하지만 아무런 노력도 하지 않는, 혹은 할 수 없는 무기력한 두 사람이 등장한다. 허무와 나태만을 간직한 채 고도를 기다리는 블라디미르와 에스트라공이다. 두 사람은 목을 맬 끈이 없어서 자살조차 할 수 없는 절망을 말한 바 있지만, 무대 위에서 출렁이는 밧줄은 그들을 죽이지 못한다. 소년이 나타나 '고도'가 오지 않을 거라고 말해줌으로써 밧줄에 다른 의미를 부여하는데, 오지 않는 어떤 것에 대한 기다림이 결국 지난한 삶을 이어가게 해주는 '희망'이라는 것을 의미한다.

오늘 죽지 않았으니 내일도 죽음에 대한 희망이 생길 것이라는 아이러니. 그것이 이어져 삶이 되는 것. 말하자면, 끈은 죽음뿐만 아니라 삶까지도 동여맬 수 있는 양날의 칼이라는 것이다.

나는 고도를 기다린 적은 없다. 가만히 기다린다고 해서 덥석 주어지는 행운은 어디에도 없었다.

커다란 나무만 보면 아름다움을 예찬하기에 앞서 목매달기 좋겠다는 생각을 했던 나는 별수 없이 삶의 끈을 붙잡게 되었다. 정확히 말하자면 내가 붙잡은 것이 아니라 생의 끈이 나를 놓아주지 않은 것이다. 생과 사를 관장하는 끈은 인력으로 붙잡을 수도, 놓을 수도 없다는 것을 많은 실패를 견디며 깨달은 바 있으므로, 그저 나는 살아 있을 뿐이다.

탯줄을 끊어야 온전한 삶이 시작되는 인간은 죽어서도 끈에서 벗어날 수 없다. 언젠가부터 나는 끈 떨어진 뒤웅박 신세가 되었다. 농어촌 마을을 홀로 떠돌며 그저 물길 따라 둥둥 떠다니는 뒤웅박처럼 산다. 배꼽처럼 한때 끈이 묶여 있었던 흔적만 겨우 남아 있고, 어떤 끈도 붙잡지 못했다. 살 수가 없어서 목매달 끈을 찾던 나는 그 또한 괴로운 이승에서 벗어나고픈 희망이었다는 것을 깨닫게 되었다.

사는 것도 죽는 것도 다 희망이다. 그래서 차라리 끈에서 벗어나고자 했더니 정처 없이 떠다니는 꼴을 면치 못하고 있다. 어디에도 얽히지 않고 누구도 나를 묶을 수 없게끔 그저 흐르는 대로 흘러가는 중이다. 그나마 산과 물이 함께하니 그만하면 됐다 싶을 때도 있고, 더러 고독이나 두려움에 휩싸일 때는 과거에 나를 옥죄었던 수많은 끈을 회상하며 자유애를 북돋운다. 끈에 매달린 뒤웅박이 보기엔 퍽 쓸 만하겠지만, 끈 떨어진 뒤웅박이 그보다 처량할 것이라는 오해는 끈 없이 살 수 없는 사람들의 눈에만 그러하다.

인간의 삶에 끈처럼 따라붙는 '사회적 동물'이라는 정의가 인생은 결코 끈 없이 살 수 없다는 의미를 내포한다. 자식들 가방끈을 길게 해주기 위해 애옥살이 속에서도 뒷바라지에 부족함이 없었던 가난한 시절의 어머니들. 그리하여 어렵사리 긴 가방끈을 갖게 된 자식들은 사랑과 성공을 위해 수만 가지 끈을 잡았다가 놓치기도 한다. 타고난 탯줄이 아니고서야 인연의 끈을 사람의 힘으로 어찌 좌지우지할 것인가. 굵다 싶으면 짧고, 길다 싶으면 끊어지기 쉬운 것이 인연의 끈 아니던가.

잡아야 할 끈과 소중하게 다루어야 할 끈을 미처 구분하지 못하고 놓쳐버린 후에야 뿌질뿌질 애타고 마음 아픈 것이 인간이 숱하게 저지르는 실수일 터. 그 아픈 반복을 겪고서야 어떤 끈에 무두질해야 할지 판단이 서는데, 그만한 연륜이 되면 오히려 잡을 수 있는 인연의 끈보다 놓아야 할 끈이 더 많아지는 것이 서글픈 인생사가 아닐까.

내가 한때 쥐고 있었던 많은 인연의 끈을 한 올도 남김없이 끊어버렸지만, 자력으로 어찌할 수 없는 유일무이한 끈이 하나 있었다. 생명의 끈이다. 그것만은 끈질기게도 내 의지에 반하여 스스로 놓지 못하였다. 세상에서 가장 질긴 끈. 초라하고 가벼운 내 뒤웅박 신세가 그 끈 하나에 의지해 둥둥 떠가고 있다. 어차피 끝까지 끊을 수 없는 끈이라면 차라리 운동화 끈처럼 질끈 동여매는 쪽이 낫지 않을까 싶은데, 그렇게 되면 또 삶에 욕심을 부릴까 봐 겁이 난다. 해서 내 뒤웅박은 여전히 헤매는 중이다. 결코 나를 놓지 않는 단단한 생명의 끈에 의지해서, 보이지 않는 단 하나의 끈에 매여서.

오늘도 운동화 끈을 조여 매고 산책을 나선다. 아직 열정이 식지 않은 볕과 스산해진 바람과 영롱한 하늘, 흔들리는 나무와 허공에서 맴도는 낙엽들, 구석에서 나른하게 졸고 있는 고양이까지, 실낱같이 얇은 인연의 끈을 만

난다. 거미줄이 바람에 흔들리더니 한쪽 줄이 뚝 떨어진다. 애쓰지 않아도 언젠가는 끊어지고 마는 것이 끈이라면, 나와 같은 뒤웅박 신세만큼 마음 편한 팔자가 어디 있을까.

머리끈을 다시 동여맨다. 이제 걸어야겠다. 얽히고설킨 수많은 끈의 세상 속을 나는 오늘도 걷는다.

당신이

볕을

쬔다면

　　　　　　　　　도착할 때까지 내내 가슴을
졸였다. 차가 흔들릴 때마다 심장이 달음박질했고, 건널
목 앞에서 차가 멈추면 심장도 곧 멎을 것만 같았다. 초조
하고 불안한 마음만이 전부는 아니었다. 어쩌면 곧 다가
올지 모를 어떤 죄책감 같은 것이 예견되기도 했다. 아직
닥치지 않았지만, 점점 가까이 오고 있는 죄책감의 그림
자를 미리 그려보는 것은 위험하고 무서운 일이었다.

　아파트 입구에 도착해 엘리베이터를 기다리면서, 십 층
까지 느리게 바뀌는 엘리베이터 숫자를 바라보며 안절부
절못하면서, 나는 점점 깊은 죄책감에 휩싸이고 있었다.

　현관문이 열렸다. 문고리를 붙들고 학처럼 서 있는 엄
마의 신체를 꼼꼼히 들여다보았다. 엄마는 다행히 입가

에 미소를 품고 나를 맞았지만, 곧 간밤의 사건을 쏟아내
면서 두려움을 주는 표정을 지었다.

간밤, 엄마의 아파트에 불이 났다. 연기가 치솟고 거실
에 매캐한 냄새가 퍼졌다고 했다. 아파트 십 층이었고, 늦
은 밤이었고, 엄마는 혼자였다. 무섭고 불안했을 엄마의
순간들이 머릿속에 그려졌다. 큰 사고 없이 불길을 잡았
다며 엄마가 긴 숨을 내쉬었다. 별일 없다고 했는데 무엇
하러 왔냐며 약간 미안해하기도 했다.

그날 나는 여행 중이었다. 아파트에 불이 났을 시각에
는 술을 마시고 있었다. 엄마가 화재를 인지하고 허둥지
둥했을 그 모든 순간에 나는 낄낄대며 놀고 있었다. 엄마
가 머릿속에 자식들을 떠올리며 불안해할 때, 나는 모두
를 잊고 술과 밤이 주는 쾌락에 빠져 있었다. 심지어 간밤
아파트에 불이 났었다고 엄마가 내게 전화했던 이른 아
침에는 숙취에 널브러져 있었다.

"이제 괜찮아. 아무 일도 없었어."

굳은 표정으로 소파에 앉아 있는 나를 보며 엄마가 걱
정스레 말했다.

"걱정했구나. 괜히 전화했네."

결국, 울음이 터져버렸다. 엄마는 괜찮은데 나는 괜찮

지가 않았다. 엄마는 편안해졌는데 나는 불안해졌다. 앞으로 내가 살면서 겪게 될 엄마와 나의 시차가 두려웠다. 각자의 시간 안에서 서로에게 얼마나 죄책감을 느끼게 될지, 같은 공간에 함께 머물 수 없다는 것이 어쩌면 계속될 불안과 걱정의 시초가 되진 않을지 몹시 두려웠다.

화재 사건 이후로 나는 무의식적 죄책감에 시달리곤 한다. 죄책감이 깊이 내면화하지 못한 것은 아마 나의 부도덕한 양심 탓이거나 이기심으로 변질된 합리화 때문일 것이다.

'어차피 인간은 혼자야. 모든 인간이 각자의 공간과 시간 속에서 다른 일상을 살고 만별한 사건을 겪는 것은 어쩔 수 없는 일이야.'

죄책감이 나를 괴롭힐 때마다 나는 그렇게 위안하곤 한다. 그러나 억지로 끄집어내지 않으려고 애쓴 죄책감은 때로 방어할 핑계가 없을 때 함부로 튀어나오기도 한다. 그럴 때면 스스로 내 인격을 모독하거나 자학하며 하루를 보낸다.

공원 벤치에 나란히 앉아 같은 곳을 바라보면서도 서로 다른 생각에 잠기고, 같은 시련을 겪고도 상처의 깊이가 다르듯, 어쩌면 시공간은 아무런 의미가 없을지도 모른다. 불이 났을 때 내가 엄마와 함께 있었다고 한들 달라질 것은 없다. 또 다른 죄책감이 생겼을 것이다. 주말인데 엄마와 집에만 있었다는 무심함, 오래된 아파트에서 벗어나게 하지 못한 무능함, 어쩌면 사고라도 났을 때 엄마를 업고 뛰지 못한 내가 왜 아들이 아니었는지, 내 존재 자체에 죄책감을 느꼈을지도 모른다.

나는 엄마한테 전화하고 나면 곧바로 아버지한테 전화한다. 같은 시간 다른 공간에서 지낸 두 사람의 시간을 묶어본다. 한 사람이 행복할 때 한 사람은 불행했거나, 두 사람 모두 웃었거나, 두 사람 모두 우울했거나. 그건 엄마와 아버지가 한 공간에서 생활할 때도 마찬가지였으므로, 서로가 반드시 같은 공간에서 같은 시간을 보내는 것이 행복과 불행의 조화를 가져오지는 않는가 보다. 그렇다고 한들, 사랑하는 사람이 같은 시간 다른 공간에서 불행한 일을 겪고 있을 때 나는 행복하거나 혹은 방탕했다면 밀려드는 죄책감을 막을 길이 없다. 타인이라면 쉽게 비껴가는 죄책감이 가족이나 사랑하는 사람에게는 틈을 주지 않는다.

사랑하거나 해본 사람에게 죄책 불감증은 어불성설이

다. 예방할 방법도 막을 방법도 없다. 때론 체념하고 깊이 받아들이며 우울한 날들을 보내기도 한다. 어쩌면 사람 살이는 감정을 앓는 과정인지도 모르겠다. 사랑하고 걱정하고 아파하고 미워하고. 만나거나 떠나보내면서 행복과 불행을 느끼고. 사라진 이의 자취를 되새기며 그 시각 자신의 행보를 자책하며 흘리는 수많은 눈물. 뒤늦은 후회와 회한.

사랑하는 사람을 잃은 사람들이 상실감에 젖어 떠올리는 모든 자책의 순간들. 이를테면 그날 함께 있을걸, 그렇게 싫다는데 보내지 말걸, 차도 막히는데 오지 말라고 할걸, 먹이지 말걸, 주지 말걸, 가지 말걸……

매 순간 자신이 제대로 판단하지 못해 일어난 일이라는 것을, 상실 속에 주저앉은 죄책감이 가슴을 짓누르는 것을 고스란히 떠안기도 한다. 사랑하는 사람의 모든 시간 속에 내가 있을 수 없듯, 그 사람에게 일어나는 모든 사고에 죄책감을 느끼지 않아도 괜찮지 않을까.

아무것도 하지 않는 것과 아무것도 할 수 없음은 완전히 의미가 다르다. 전자가 자유의지나 선택, 내면의 문제라면 후자는 외부에서 기인한 문제다. 분리된 시공간에서 우리는 과연 서로를 위해 무엇을 할 수 있을까. 그 할 수 없음의 결과가 설령 파국이나 죽음이라 할지라도 누가 양심에 책임을 물을 수 있단 말인가. 한날한시 행복할 수 없고, 아무 날 아무 시 함께 불행을 맞을 방법도 없다.

그러나 아무리 설득해도 밀려드는 죄책감을 막아낼 재간이 없을 것 같다. 적어도 애도하고 설워할 줄 아는 사람이라면 죄책감에서 자유로울 수 없을 터. 예방할 수 없다면 감내할 수밖에 없을 것이다. 살면서 만나는 소중한 사람들은 너무나 많고, 그들 모두와 언제나 함께일 수 없기에 나는 그저 죄책감을 앓기로 했다. 반대로 그들이 나로 인해 견뎌야 할 죄책감에는 면죄부를 줄 것이다.

내가 사랑하는 사람들이 늘 웃고 행복했으면 좋겠다. 될 수 있으면 절망이 비껴가고 시련과 슬픔에서 멀어졌으면 좋겠다. 그들이 빛을 쬐는 동안 나는 어둠에 묻혀도 좋다. 다만 내가 작은 행복에 겨워할 때 그들이 울고 있지 않길 바란다. 비구니의 삶과 다를 바 없이 살아가는 내가 할 수 있는 거라곤 그렇게 기도하는 것 외엔 아무것도 없다는 사실이 무척 애달프다.

누군가를 잃어버리거나
혹은 나를 잃어버리거나
상실한 후에 느끼는 죄책감은
미처 다하지 못한 사랑인 것이다

지나간
어떤 말들

　　　　　　　　말이란 글과 달라 속도가 빠
르고, 빠르므로 자신도 모르게 흘려버린 것들을 곱씹게
된다. 무엇이든 퇴색하게 만드는 시간 속에서 곱씹은 말
들은 대체로 극과 극의 상태로 가슴에 꽂힌다. 지나간 어
떤 말은 지난 뒤에 삶을 깨닫게도 해주고, 또 어떤 말은
은은한 향기로 감동을 주기도 하지만, '생각해보니 화가
나는' 말도 부지기수다. 나는 주로 말의 피해자였으나 때
론 가해자이기도 했을 것이므로 이제는 말을 듣는 쪽이
되었다.

　사춘기 시절을 살벌하게 보내던 그때 나는 입을 닫아
버렸다. 입을 열었다 하면 날카로운 말의 파편이 튀어 사
람들을 다치게 했고, 사람들이 다치는 걸 알고 난 후 나는

말을 묶어버렸다. 왜 그렇게 되었는지 아무도 묻지 않았다. 그저 나는 심각한 아이였고, 건드리면 뭐든 베어버리는 아이였다. 그때 어느 누가, 널 이렇게 화나게 하는 게 무엇이냐고 물어봐주었다면 좋았을 것이다. 사람들은 입을 닫은 내게 그저 화를 냈고, 따졌고, 나를 더 날카롭게 만들었다. 그중 가장 듣기 싫은 말이 "쟤는 원래 저래"였다. 그럴 리가.

나는 지붕을 날아다닐 만큼 활발했고, 학교에서 인기가 많았으며, 따르는 친구도 많은 유년기를 보냈다. 그런 아이가 입을 닫고 미간을 모으고 말을 날카롭게 갈고 있었다면 분명 그만한 이유가 있었을 것이다. 그런데 아무도 궁금해하지 않았다. 아무도 원래 내 모습을 기억하지 않았다. 그래서 나는 입을 닫고 말을 갈았다.

내 나이 마흔이 넘어 아버지에게 물었다. 내가 그 시절 왜 그렇게 입을 닫고 항상 화가 나 있었는지 아느냐고. 아버지는 모른다고 했다. 그럼 내가 그런 상태였다는 건 기억하느냐고 물었더니 "그때 넌 날카롭고 우울했지"라고 말했다. 그걸 알면서 왜 그렇게 됐는지는 모르냐고 물었더니 아버지는 모른다고 대답했다. 그래서 내가 설명했다.

알다시피 나는 태권도부터 기계체조까지 운동에 재능이 있는 아이였고 명랑해서 친구도 많았는데 왜? 그건 어느 날 좁은 집으로 이사하면서부터였다.

중학교 교복을 처음 입던 날, 학교를 마치고 돌아와 보니 집이 텅 비어 있었다. 아버지도 없이 근처 좁은 집으로 짐을 나르는 엄마를 보았다. 일언반구도 없던 일이었다. 이사한 집 바로 옆에는 학교에서 왕따 당하는 아이가 살고 있었다. 평소엔 감히 말도 못 걸던 그 아이는 내가 저와 같은 처지가 되었다고 생각한 것인지 살갑게 다가오기 시작했고, 나는 그때부터 입을 닫았다.

누구의 잘못을 따지려는 게 아니다. 나는 '원래' 그런 아이가 아니었다는 것을, 모든 변화가 그렇듯 내게도 계기가 있었다는 것을 말하고 싶었다. 누구도 묻지 않고 자기들 멋대로 나를 정의해버린 것이 마흔이 넘은 지금까지도 풀리지 않는 '화'라고 말했다. 내 말을 다 듣고 난 아버지가 나를 쳐다보며 말했다.

"아……! 그랬구나."

핑 눈물이 나려고 했다. 사랑한다, 고맙다, 미안하다는 말이 아니라 "그랬구나!"라는 동사의 활용어 하나가 그토록 오래 묵은 마음을 풀어지게 만든 것이었다. 그 말 앞에

온 "아!"라는 감탄사가 깨달음을 뜻하고 "그랬구나"라는 단어는 인정과 미안함을 담았으므로.

나는 오래전 사람들이 내려준 나란 아이의 정의에 대해 변론할 생각이 없었지만, 차라리 그런 아이로 남고 싶었지만, 그 당시에 묶어두었던 말들이 벼르고 별러 목구멍에 가시가 되었기에 뱉고 싶었다. 나의 고백은 오랜 세월 말을 갈았던 나에게 화해의 손을 내민 것이 되었다. 그 후 공감과 인정, 동의를 뜻하는 그 한 마디, '그랬구나'를 사랑하게 되었다.

이렇게 살아라, 그렇게 살지 마라, 왜 그랬니, 너만 그렇냐, 다 그렇다, 인생이 그래, 등의 말은 당신을 꼰대로 정의하게 할 뿐이다. 누가 무슨 말을 하는데 그 말에 한숨과 힘듦이 묻었거든, 그저 이 말만 하면 된다.

"그랬구나."

당신에게서 인생의 정답을 얻으려고 입을 여는 사람은 없다. 그저 아직 가지 않고 버티는 어떤 시련을 단어로 방출하는 것뿐이다. '그랬구나' 한 마디면 1퍼센트의 숨통은 트일 테지만, 가르치려 들거나 해결하려 드는 동시에 고백한 상대방은 말을 날카롭게 벼르게 된다. 함부로 조언하거나 어쭙잖게 충고하지 말아야 한다. 상대를 정의하는 것은 더욱 곤란하다. 차라리 침묵하는 것이, 차라리 소주 한 잔 따라주는 것이 많은 말보다 큰 의미일 수 있다.

내가 지금 겪는 가난에 대해 나이 지긋한 사람들은 이렇게 말했다.

나도 그랬어. 나도 가난했어. 나는 더 그랬어. 다 지나가는 일이야.

나는 그들이 과거에 겪은 가난이 궁금하지 않다. 내 가난을 동정받고 싶지도 않다. 다만, 차비가 없어서 당신을 만나러 가지 못한다는 말을, 술값이 없어서 술을 마시지 않는다는 말을, 솔직하게 할 뿐이다.

내가 빚 때문에 죽고 싶다는 말을 한 것도 아니고, 돈이 없어서 매일 운다고 하소연한 것도 아닌데, 그들은 또 나를 정의하기 시작했고, 내 가난을 지나가는 하늬바람쯤으로 여기며 모든 사람이 겪는 감기라고 말했다. 푹 쉬면 낫는 감기처럼, 그저 살다 보면 부자가 되기라도 할 것처럼.

그런 말을 듣게 되면 실질적인 가난에 정신적인 빈곤까지 겹친다. 남들 다 겪어온 아무것도 아닌 것 때문에 울고 괴로워하는 나약한 인간으로 자신을 정의해버리는 것이다. 자존감이 순식간에 바닥을 친다. 그래, 누구나 돈이 없을 수는 있다. 누구나 가난해질 수 있고, 빚을 질 수도 있다. 누구나 이별할 수 있고 누구나 실패할 수 있다. 그렇지만 같은 시련이라도 그것을 겪는 사람이 느끼는 무게는 저마다 다르므로 어떤 시련도 동일화하는 것은 위험한 일이 아닐까.

나는 이제 말을 벼르는 사춘기 소녀가 아니라 말을 아끼는 어른이 되었다. '죄송합니다'라는 단어를 언제든지 뱉을 준비가 되어 있고, '그랬구나'라는 단어를 사랑하는 중년이다. 때론 아무 말도 하지 않는 것이 상대방을 배려하는 것이라는 사실을 너무나 잘 아는 사람이다.

다들 그랬으면 좋겠다. 어떤 이유든 힘들어하는 사람 앞에서는 말을 아끼고 침묵을 떠올릴 줄 아는 사람이었으면 좋겠다. 살기 힘든 사람들이 말까지 벼르게 만들지 말았으면 좋겠다.

나와 마시는
술

      술에 취한 남자가 위험하다는 것은 어린 시절 어렴풋이 알았고, 술에 취한 내가 위험하다는 것은 어른이 되어 깨달았다. 말하자면, 남자와 함께 술을 먹고 함께 취한다는 것은 극도로 위험한 일이라는 것을 인식했다는 것이다. 그런데도 나는 종종 취했고, 이따금 함께 취해서 위험해졌고, 위태로웠고 슬펐다.

  언제나 타인으로 인해 상처 받았다고 생각해왔는데 알고 보니 나는 늘 상처 받을 준비가 되어 있는 사람이었다. 취하고 나약하고 허물어진, 어리고 예뻤던 내 모습이 그려져서 술이 슬프다.

  술이 좋은 이유를 술주정처럼 줄줄이 나열할 수 있지만, 술에 취한 사람이 위험한 이유 역시 술안주 종류만큼 말할 수 있다. 이제 와 그것을 자각했다고 해서 인지하지 못해서 벌어진 과거의 상처에 대해 위로받을 수 없는 노릇이다. 마음이 비틀렸던 나는 술에 취한 속수무책의 내가 좋았는데, 맨정신으로는 살 수가 없다는 마음을 점점 갖게 되면서다. 지금은 맨정신이 아니고서는 살 수가 없다는 것을 안다. 맨정신으로, 그것도 정신을 꼭 붙들어 매고 살아도 삶은 충분히 위험하기에. 그걸 아는데도 술은 유일한 위로다.

'나 죽으면 술독 밑에 묻어달라.'

이 말을 유언으로 패러디하고 싶었던 시절, 나는 세상 무서운 게 없는 벌거숭이였다. 사랑하는 법도 이별하는 법도 몰랐고, 고독이 뭔지 가난이 뭔지 상상도 못 하던 때였다. 뜨신 밥으로 내장을 가득 채우고도 늘 술이 고팠던 그때는 아마 술맛이 아닌 사람 맛에 취했던 것 같다. 사람들과 함께라서 좋았고, 사람들 속에 있을 때만 살아 있는 것 같았다. 외로움을 받아들이지 않았고 혼자가 되는 것이 두려웠던 가엾은 아이였다.

배고픔의 절망에서, 고독의 한계에서, 죽음의 문턱에서 비로소 인생을 되돌아보았는데, 깨달음이란 게 그렇듯 이미 많은 걸 잃어버린 뒤였다. 대부분을 잃고 모든 걸 내려놓은 뒤에야 내가 보였다. 멧돼지보다 사람을 더 두려워하게 된, 도시의 편의보다 시골의 부족함에 익숙해진, 지독한 고독마저 즐길 수 있게 된 내가 보였다.

순간, 지금까지 나는 다른 사람들의 술잔을 채워주고 다른 사람의 인생을 들어주느라 정작 나를 외면하고 있었다는 생각이 들었다. 눈물이 왈칵 쏟아졌다. 이제 나를 돌보며 내 목소리에 귀 기울이겠다고 조용히 마음을 다졌다.

유난히 힘든 날이나 아주 가끔 좋은 소식이 있는 날이면 화장대 앞에 술상을 차린다. 형광등을 모두 끄고 작은 스탠드 조명 아래서 잔에 술을 따른다. 이제야 비로소 나는 나와 술을 마시게 되었다. 오직 나와 시선을 마주하고, 나의 표정을 바라보며, 안아주지 못하는 것을 안타까워하며, 나와 술을 마신다. 함께 취하고 함께 울거나 가끔은 함께 웃기도 한다. 거울 속 내가 빈 잔에 술을 채운다. 우리는 함께 잔을 들며 말한다.

"살아줘서, 고마워."

나도 울고, 마주 앉은 나도 운다. 어차피 울다 가는 인생. 운 좋으면 더러 웃다 가는 인생. 그러나 대체로 울고 나와 울다 가는 게 인생이지 싶다. 어차피 울어야 한다면 잘 울고, 이왕지사 먹는 술도 달게 먹어야지. 그 두 가지를 함께 할 수 있는 것이 화장대 앞에서 나와 마시는 술이다.

울고 있는 내 모습을 바라보노라면 신기하게도 위로가 된다. 그래서 나는 나와 술을 마시는 시간이 소중하다. 언젠가 나와 함께 잔을 부딪치며 이런 말을 하는 날이 왔으면 좋겠다.

"잘 살았어, 정말! 이번 생은 성공이야."

눈물이 마르는 시간

2019년 11월 11일 초판 1쇄 발행
지은이 · 이은정
펴낸이 · 김상현, 최세현 | 경영고문 · 박시형

편집인 · 정법안
책임편집 · 손현미 | 디자인 · 김애숙, 정아연
마케팅 · 권금숙, 양봉호, 최의범, 임지윤, 조히라, 유미정
경영지원 · 김현우 | 해외기획 · 우정민, 배혜림 | 디지털 콘텐츠 · 김명래
펴낸곳 · 마음서재 | 출판신고 · 2006년 9월 25일 제406-2012-000063호
주소 · 서울시 마포구 월드컵북로 396 누리꿈스퀘어 비즈니스타워 18층
전화 · 02-6712-9800 | 팩스 · 02-6712-9810 | 이메일 · info@smpk.kr

ⓒ 이은정(저작권자와 맺은 특약에 따라 검인을 생략합니다)
ISBN 978-89-6570-905-3 (03810)

• 이 책은 저작권법에 따라 보호받는 저작물이므로 무단전재와 무단복제를 금지하며, 이 책 내용의
  전부 또는 일부를 이용하려면 반드시 저작권자와 (주)쌤앤파커스의 서면동의를 받아야 합니다.
• 이 책의 국립중앙도서관 출판시도서목록은 서지정보유통지원시스템 홈페이지(http://seoji.nl.go.kr)와
  국가자료공동목록시스템(http://www.nl.go.kr/kolisnet)에서 이용하실 수 있습니다.
  (CIP제어번호:CIP2019039587)
• 잘못된 책은 구입하신 서점에서 바꿔드립니다.   • 책값은 뒤표지에 있습니다.
• 마음서재는 (주)쌤앤파커스의 종교 · 문학 브랜드입니다.

쌤앤파커스(Sam&Parkers)는 독자 여러분의 책에 관한 아이디어와 원고 투고를 설레는 마음으로 기다리고
있습니다. 책으로 엮기를 원하는 아이디어가 있으신 분은 이메일 book@smpk.kr로 간단한 개요와 취지,
연락처 등을 보내주세요. 머뭇거리지 말고 문을 두드리세요. 길이 열립니다.